KB024957

내가 좋아하는 것들,
요가

내가 좋아하는 것들,
요가

이은채 글

스토리닷

차례

요가와의 첫 만남

어렵게 입사한 회사도 그만두고 취미로 시작했던 요가를 업으로 삼아 보자고 결정했다. 그때 나이 26살이었다. 요가를 하면서 즐거웠던 옛 기억이 연결된 것이다.

고등학교 3학년 때 처음 경험했던 요가는 유쾌함 그 자체였다. 시작은 문화센터였다. 힐링 요가를 지도해주셨던 60대 김경자 선생님은 쑥스러움이 많던 나를 늘 포근하게 감싸주었다. 그때까지만 해도 요가는 오감을 즐겁게 만들어 주는 재미있는 운동이라고 생각했다. 사지를 이리저리 비틀어야 하는 어려운 자세들도 선생님은 지치지 않고 알려주셨다. 그래서 포기하지 않고 더욱 열심히 따라했다. 몸이 즐거워하는 게 느껴졌다. 휴식하며 누워 있을 때의 편안함 또한 참 좋았다. 아주머니들과 한 공간에서 웃고 떠드는 유쾌한 분위기 속에서 요가를 배웠다. 그 시기의 불안정했던 마음이 요가를 통해 위로받았나.

중학교에서 고등학교로 넘어갈 무렵 부모님의 이별은 나에겐 무척 힘들었던 기억이다. 지금도 생생하게 떠오르는 일이 있다. 그날은 가족회의 시간이었다. 아버지, 어머니, 오빠, 나 이렇게 네 식구의 소통은 그 자리에서 주로 이루어졌다. 아버지가 말씀하셨다.

"난 내려가기로 했다. 너희들에게도 결정권이 있으니 선택하면 된다. 누구를 따라갈지 결정해라."

잦은 부부싸움이 있었지만 깊게 인지하지는 못했다. 가족보다 친구가 더 좋을 때라 친구들과 노는 데 정신이 팔려 있었다. 가족에 관한 관심이 부족한 때였지만 상황이 그렇게 심각해져 있었는지는 잘 몰랐다.

그날, 자세한 설명 하나 없이 결정권을 던져버린 부모님의 모습은 성장해서도 지워지지 않는 큰 상처로 자리 잡았다. 온 가족이 헤어지는 것도 이해가 안 되는데, 누구와 살지 선택을 하라니, 나는 고개만 푹 숙인 채 한마디 말도 하지 못했다.

부모님은 나의 양육권 문제로 다투셨다. 세 살 위 오빠는 바로 대학생이 되어서 기숙사 생활을 하면 되지만, 나는 보호자가 필요한 나이였기 때문이다. 두 분은 나를 서로 데려가려고 한 게 아니라 데려가지 않으려고 했다.

그 일이 있고 잠시 집을 나갔던 어머니가 전화를 했다.

"아버지와 다투면서 감정이 격해진 것뿐이야. 너는 엄마랑 살거니까 걱정하지 않아도 돼."

"……."

뒤늦게 전해 받은 말에도 아무 말을 할 수 없었다. 그날
의 공간과 분위기, 그리고 두 분의 목소리가 잊혀지지 않는
다. 성인이 되어서도 그때의 기억이 떠오르면 어느 순간 나
도 모르게 긴장이 된다. 지금도 생각한다.

'나는 왜 그날 아무런 말도 하지 못했을까?' 결국 세속 생
활이 힘들었던 아버지는 자유로운 삶을 꿈꾸며 산으로 가
셨고, 나는 어머니와 서울에서 단둘이 살게 되었다. 급하게
이사를 했다. 상황을 이해하고 받아들이기도 전에 빠르게
변해버려서 현실인지 꿈인지 구분이 되지 않았다. 나의 청
소년기는 밝았던 기억보다는 어두웠던 기억이 더 많았다.

생계를 이끌어가던 어머니는 바쁘고 고단했기에 나는 학
창 시절 찾아오는 감정들을 나눌 수 없었고, 그것들을 속에
가두어야만 했다. 엉켜 버리기만 한 감정들을 어떻게 처리
해야 할지 몰랐다.

나는 대부분의 시간을 친구들과 밖에서 보냈으며, 집에
있을 때는 TV를 보거나 컴퓨터를 하는 행위로 그때의 감정

들을 덮어 두었다. 돌이켜보면 내 마음은 주변이 고요해지는 것을 좋아하지 않았다. TV를 보지 않아도 집에 오면 습관처럼 틀어 놓았다. 적막 속에 올라오는 외로움을 바라보는 게 어려웠다.

명절 때마다 할머니는 나를 만나면 이렇게 말씀하셨다. "네가 더 잘해야 해. 그럼 같이 살 수 있어."

나는 아버지와 어머니 사이에서 소식을 전달하는 중간역할을 충실하게 이어갔다. 조금만 노력하면 다시 함께 살수 있을 거란 기대를 가지고 말이다. 하지만 시간이 지날수록 집안 형편은 더 힘들어졌다. 대학 때는 학자금과 생활비 대출을 받았다. 고3 겨울방학부터 시작한 아르바이트는 대학 때를 지나 성인이 되어서도 계속됐다. 그때 일어나는 감정들은 그대로 머릿속에 남겨두었다. 돈을 모으는 게 그 어떤 일보다 중요하다고 생각했다. 쉴 틈 없이 다양한 일들을 경험했다. 딱히 힘들다고 생각되지 않았다. 그냥 당연히 그렇게 해야 하는 일이라고 받아들였다. 모아둔 돈을 어머니에게 전했을 때 받는 칭찬도 좋았다.

대학교를 졸업하고 중국어 전공을 살려 무역회사에 입

사했다. 담당은 해외 영업이었다. 이때도 휴식은 없었다. 시차가 다른 해외 고객들과 주고받는 이메일 업무를 고스란히 가져와 집에서도 일을 계속했다. 그 안에서 다시 '열심히'에 빠져버렸다.

사회생활에 조금씩 적응이 된다 싶을 무렵 결국 탈이 났다. 워낙 어렸을 때부터 잔병들을 달고 살아왔기에 다시 약을 써서 몸을 달래 보았지만 곪아버린 상처들은 쉽게 치료되지 않았다. 툭하면 우울감에 빠져버렸고, 일에 대한 의욕도 서서히 떨어져 버렸다. 그러면서 한쪽으로 조금씩 부모님에 대한 원망도 싹트기 시작했다. 어렸을 적 풀지 못한 상처에서 비롯된 성인 사춘기였다. 아무도 보기 싫었다. 지금의 어려운 상황이 모두 과거의 가정환경 탓이라고 단정 지어버렸다.

부정적인 생각이 수시로 들었다. 해야 할 일은 끝도 없이 몰려오고, 돈을 벌어도 계속 대출 빚을 갚기에 바빴고, 건강해야 할 몸은 지쳐가고 있었다. 문득 '이 삶의 끝은 어디일까'라는 의문을 가졌다. 상황이 조금이라도 변하길 간절히 희망했다. 끝이 보이지 않는 긴 터널에서 벗어나고 싶었다. 새로운 삶, 새로운 사람이 되고 싶었다. 집안의 빚도 갚고 돈도 많이 벌기 위해 '나는 성공해야 한다. 열심히 살아야 한다.'라는 강박을 내려놓고 싶었다.

변화를 위해서는 용기가 필요했다. 예전에 나를 즐겁게 하고 위로를 주었던 요가가 떠올랐다. 주변에서는 극구 말렸지만 누군가의 말에 휘둘리지 않고 선택한 첫 번째 일이었다. 기준점 없는 성공을 위해 무작정 달려왔던 그동안의 시간과 노력이 아깝다는 생각도 들었다. 그러나 당장 이곳을 벗어나고 싶은 마음이 더 컸다. '직업만 바꾸면 행복해질 수 있겠지. 더 나아지겠지.'라는 마음으로, 삶의 변화에 대한 기대에 부풀어 본격적으로 요가를 시작했다.

남아 있던 학자금 대출을 갚아야 했기에 중국어 아르바이트를 하며 요가를 본격적으로 배워갔다. 요가복은 한 벌로 버텼는데, 집에 오면 빨아서 널고 다음 날 다시 입고 갔다. 매일 땀 나는 수련을 아침부터 저녁까지 반복했다.

온몸에 근육통이 생기고 왕복 세 시간의 거리를 오고 가며 몸은 힘들었지만 마음은 즐거웠다. 스스로 선택하고 원했던 일을 할 수 있기 때문이었다. 처음엔 몸과 마음을 들여다보는 일이 쉽지만은 않았다. 내 몸 돌볼 시간 없이 바쁘게만 살아왔는데 몸을 늘리고 균형을 잡고, 때론 가만히 앉아 있는 게 어색하고 답답하지 않을 수 없었다.

특히 요가 아사나의 깊은 이완과 함께 근막(근육의 겉면을 싸고 있는 막)에 잠재되어 있던 기억들이 올라올 때는 무척 애를 먹기도 하였다. 좋은 기억이 찾아올 때는 그때의 추억에 빠져 사무치듯 그리워지기도 했지만, 힘들었던 기억 앞에서는 감정 조절이 어려워 일상생활에 지장을 주기도 했다. 그러나 포기하지 않고 꾸준히 마음 수련과 몸 수련을 실천해갔다. 무엇보다 몸이 예전보다 훨씬 건강해졌다는 게 눈으로도 보였으며, 마음 상태도 변화가 생겨 주변을 대하는 태도가 달라졌다는 것을 느낄 수 있었다.

사실 아사나에 큰 재능을 갖고 있지는 않았다. 균형감각도 없고, 근육도 없고, 육체적으로 아픈 곳도 많았다. 그렇지만 포기할 생각은 전혀 없었다. 넘어지면 다시 하고 다쳐도 감싸 안고 다시 하며 요가에 푹 빠져 살아갔다. 무릎 통증, 손목 통증, 어깨 통증, 허리 통증 등을 다 한 번씩 겪어본 것 같다.

숨어 있던 감각들이 깨어나는 시간이었다. 그 시간 동안 억압되고 눌려 있던 많은 감정들을 토해냈다. 지난 과거를 하나씩 들춰내는 것이 고통스럽기도 했지만, 그 안을 관찰하며 현재의 삶에 부정적인 영향이 이어지는 것을 줄이게도 해줬다. 마음관찰을 하며 지금의 상황들과 연결 지어보는 연습은 꽤 흥미로웠다.

한 심리 상담사의 고언을 빌리면, 어릴 적 부모로부터 받은 상처는 진심이 담긴 사과를 받아야만 치유될 수 있다고 했다. 하지만 그 사과라는 게 나의 마음에 얼마나 큰 치유를 줄 수 있을까? 사과를 받는다고 해도 얼마나 열린 마음으로 받아들일 수 있을까? 누구로부터 받는 치유가 아닌, 스스로 해결해 가야 한다고 생각했다. 피하지 말고 직시해야 했다. 이미 일어난 일들을 아직도 마음에 담아두며 현재를 괴롭히고 싶지 않았기 때문이다.

'그때와 지금은 다른 환경이고 다른 내가 이렇게 존재하는데 아직 이토록 아파하는 이유는 뭘까? 왜 과거에서 헤어나오지 못해 지금의 소중한 시간을 헤치고 있는 걸까?' 이런 의문이 들 때마다 계속 그 감정에 파고들었다. 그러면서 몸이 아픈 곳, 마음이 아픈 곳을 관찰하며 감싸주고 어루만져주었다.

　나를 마주하는 것이 처음엔 두려움이었지만 어느새 기대감으로 바뀌어 갔다. 깊은 곳의 감정이 터질 때면 수련하다 울컥하기를 반복했다. 곪았던 상처들이 치유되고 얽힌 마음들이 요가를 하며 하나씩 풀어져 가는 것을 알 수 있었다. 깊은 이완의 순간에 문득 어렸을 때 사랑을 받던 기억들도 떠올랐다. 어쩌면 홀로서기를 시작하며 생겼던 부담감과 미래에 대한 막연한 두려움을 누군가의 탓으로 돌리고 싶었는지도 모른다.

　나는 분명 부모님의 축복 속에서 사랑받으며 태어났다. 이는 성장하면서도 변함없는 사실이었다. 미워했던 마음 때문에 감춰두고 보지 않으려고 한 것이다. 아사나를 통해, 아픔이 몰려와도 도망가지 않고 그대로 바라보는 수련이 필요했다. 멈추고 고요히 바라보았다. 몸의 통증을 바라보며 서서히 들어가면 마음이 기다리고 있었다.

　요가를 통해 내 안의 나를 볼 수 있게 되었다. 덮어두었던 껍데기를 하나씩 벗기며 안으로 들어가다 보니 뒤늦게 내가 놓쳤던 부분들도 볼 수 있었다. 슬퍼하고 있던 모습 옆에는 부모님의 사랑을 듬뿍 받으며 자란 나의 모습이 있었다. 아픈 날이면 늘 내 곁에서 밤을 지새우던 어머니의 따뜻했던 모습도 보았고, 언제나 많은 걸 알려주고자 어디든 데리고 다니며 삶에 관한 공부를 시켜주었던 아버지의 모습도 보았다. 잊고 있었지만, 행복함이 넘쳤던 가족 배낭여행도 떠올랐다. 바라봄을 통해, 감춰두고 있던 두 분의 큰사랑을 발견할 수 있었다. 그 사랑 안에서 깊은 관심과 보살핌을 받으며 자라왔다는 사실도 알 수 있었다.

이런 기억을 꺼내서 자세히 들여다보니 왜곡된 기억도 있다는 것을 알았다. 지금 삶의 만족도에 따라 예전의 모습이 좋은 느낌으로 남거나 싫은 느낌으로 기억됐을 뿐이었다. 자라오면서 경험했던 일상들이 모여 지금의 '나'를 만들었다. 바르게 이해하고 난 뒤 마음에 엉켜 있었던 감정들도 조금씩 가벼워질 수 있었다. 그러고는 지금 나의 삶을 바라보며 부모님으로부터 좋은 영향을 받은 것들이 더 많다는 것을 깨닫게도 되었다. 물 흐르듯 살아가는 아버지의 자연주의적 삶의 태도가 싫었음에도 나 역시 의도치 않게 비슷한 방향으로 흘러가고 있다. 이는 분명 좋은 영향이었다.

나를 변화시키고 성장하기 위해 시작했던 요가였지만, 나는 이 과정에서 오히려 진짜 나의 모습을 자세히 알아가는 시간을 가질 수 있었다. 발전이 아닌 발견이었다. 이를 계기로 나와 조금씩 가까워질 방법을 배우게 됐다. 아직도 벗겨내야 할 나의 수많은 껍데기가 존재하지만, 요가는 계속해서 나에게 지금, 이 순간을 어떻게 기분 좋은 느낌으로 살아갈 수 있는지, 그 방법을 알려주고 있다.

허리디스크야, 고마워

아사나를 하다 몸을 다치고 다시 회복을 경험하면서 요가를 본격적으로 치유 관점에서 살펴보게 됐다. 나는 현재 일반인과 지도자를 대상으로 테라피 요가를 강의하고 있다. 대상에 따라 지도 방식의 차이는 있지만, 공통적인 것은 회원의 체형과 체질에 맞춘 수업으로 진행되어야 한다고 생각한다.

우리의 몸은 모두 다르게 생겼으며 생활습관 또한 다르므로 한 가지 증상만 해소한다 해서 건강을 되찾는 것은 아니기 때문이다. 회원의 치유를 적극적으로 돕고자 한다면 증상에 따른 원인 분석을 명확하게 해나가야 한다. 그 안에는 수련 패턴, 영양, 수면이 고려돼야 한다. 원인을 알아가려면 대화가 필요하다. 그래서 회원들의 생활습관과 현재 느껴지는 통증에 대한 수다 나누기를 제일 중요한 부분으로 둔다.

어느 협회 주관으로 열린 워크숍에 참가한 적이 있다. 많은 사람들이 모인 공간에서 요가학과 교수님이 수기 테크닉으로 내 골반을 맞춰 주었다. 교수님이 내 골반을 누르는 순간 "윽!" 소리가 나올 정도로 아픔이 입으로 짧게 새어 나왔다. 놀라기도 했고 마음이 열려 있지 않은 탓도 있었을 것이다. 준비되지 않았던 몸이 충격을 받았는지 그 후로 문제가 생겼다. 일상에서도 허리가 찌릿한 느낌과 함께 불쾌한 느낌이 수시로 찾아왔고 다리 저림도 생겼다. 특히 오른쪽 다리의 무감각한 느낌은 마음마저 불안하게 만들었다. 병원을 찾아가 검사를 했더니 '요추 추간판 탈출증'이라고 했다. 의사 선생님은 내 요추 부위의 디스크가 빠져나오려는 사진을 보여주며 시술을 권했다.

"여기서 더 요가를 하면 디스크가 터질 수도 있어요. 그럼 하반신 마비가 되는 거예요. 당분간 쉬세요."

최대한 버텨보려고 했지만 디스크 사진이 머릿속에서 떠나질 않았다. 수련할 때 불안감은 커져갔고 결국 요가수련을 잠시 그만두었다. 병원 시술은 내키지 않아 내 몸 치료도 해볼 겸 운동 치료 쪽으로 공부의 방향을 틀었다. 사실 그 당시 내 골반을 수기 테크닉으로 맞춘 교수님께 속상한 마음도 있었지만 요가가 누군가에게는 부상을 만들 수도 있겠다는 생각이 나를 사로잡았기 때문이다. 그렇게 자연스레 요가와는 잠시 이별했다.

그 후 운동 치료에 쓰이는 폼 롤러, 보수, TRX, 필라테스 등을 배우며, 근골격계를 중심으로 다양한 도수치료 방법들 또한 함께 배워갔다. 내 몸은 허리 디스크를 비롯해 일자목, 손목터널증후군, 이상근 증후군, 굽은 어깨 등의 특징을 갖고 있었고, 겉보기에는 멀쩡했지만 속 근육이 전혀 잡히지 않았었다.

근육검사를 해도 대부분 기능이 OFF가 나와서 수업 중에도 나를 모델로 자주 썼다. 부실한 몸이 창피하기도 했지만, 이 시간 덕분에 몸 공부에 호기심을 가질 수 있었다. 무척 유익한 시간이었다. 시간이 지나면서 코어는 잡혀갔고 특정 근육을 이완해주고 약한 근육을 강화하다 보니 갖고 있던 통증들이나 증상이 서서히 사라지기 시작했다. 무리를 한 날은 여전히 뻐근함이 느껴졌지만 예전보다는 훨씬 좋은 몸을 갖게 됐다.

공부를 하며 깨닫게 된 점 하나는 나와 같은 체형을 가진 사람이라도 코어근육이 잡혀있다면 단순히 외부의 작은 충격만으로 증상이 생기지 않을 수 있다는 것을 알게 됐다. 또한 같은 디스크라도 어떤 사람은 통증이 생기고, 어떤 사람은 통증 없이 잘 살아갈 수도 있다는 것이었다. 약해빠진 허리를 미워했는데 알고 보니 다른 곳들이 제대로 일을 안 해서 어쩔 수 없이 허리가 일을 많이 했던 것이다. 오히려 통증을 깨워준 허리에게도, 이러한 기회를 준 교수님께도 감사한 일이었다.

몸이 많이 회복된 이후에도 마음에는 늘 아쉬움이 남았다. 요가를 통해 회원들과 에너지를 나눌 수 있는 시간이 그리웠다. 다른 운동이 아닌 요가 수업 안에서 소통을 느끼고 싶었다. 결국 1년 만에 돌아왔다. 다시 동일한 요가를 가르치지만, 이번엔 회원들을 대하는 태도가 달라졌다. 회원들의 아픔을 내 것처럼 여기려 애썼다. 그리고 그것을 치유할 수 있는 가장 나은 방법이 무엇인지에 대해 관심을 기울이게 되었다.

"저는 왜 요가만 하면 허리가 아픈 걸까요?"

"무릎이 계속 욱신거리는데, 요가 해도 괜찮나요?"

"일자목이에요. 그 동작은 무서워서 못하겠어요."

"호흡이 잘 안 되는 것 같아요. 너무 힘들어요."

수업을 마치고 나면 다양한 질문들을 무수히 받는다. 사실 예전의 답변은 이랬다.

"처음엔 다들 아파요. 포기하지 말고 꾸준히 해봐요. 그러다 보면 금방 사라질 거예요."라고 말이다. 하지만 일주일에 주 2회 또는 3회 나오는 분들에게 이런 답은 답답하기만 한 답변이었을 것이다.

아픈 부위에 대해 불안한 마음이 생기는 것은 당연한 일이다. 나는 나에게 몸을 맡긴 회원들에게 좀 더 자세하게 답변을 전달해 줄 의무가 있었다. 그런 생각이 들자 큰 관심을 두지 않았던 회원들의 질문에 공부해왔던 지식을 총동원해 알려주기 시작했다. 그리고 우리는 함께 몸을 써가며 그날의 몸 상태를 공유했다. 척추가 구부정한 회원들에게 통증을 악화시킬 수 있는 아사나는 제한했고, 그동안 소도구 활용과 재활 동작, 그리고 균형 잡기 동작들을 꾸준히 실천하도록 지도했다.

요가 동작은 아니지만, 요가를 즐기면서 하는 방법들이었다. 통증이 어느 정도 사라졌을 때부터는 요가 아사나를 통한 테라피를 이어갔다. 또한 아픔이 느껴지는 정도와 호흡 소리에 따라 회원마다 차이를 두며 스스로 통증을 바라볼 수 있도록 지도했다. 아사나를 깊게 가서 좋은 때도 있고 아닐 때도 있었기 때문이다. 통증을 잡아내는 시간은 조금 오래 걸렸지만 부작용 없이 안전하게 치유를 도와줄 수 있게 됐고 그 시간을 함께했던 회원들에게서 몸이 가벼워지고 좋아졌다는 피드백을 받았다.

돌이켜 생각해보면 요가 선생님에게 통증을 호소하는 사람들에게 필요했던 것은 치료를 위한 정확한 답변이 아니라 애정이 담긴 공감 아니었을까. 실제로 공감해주고 격려해주는 것만으로도 몸이 좋아진 분들이 있었기 때문이다. 허리디스크 덕분에 통증 치유에 대한 새로운 방법들을 배울 수 있었고 이를 통해 부상, 통증을 가진 회원들에게도 도움을 드릴 수 있게 됐다.

허리가 좋아졌다는 자신감과 함께 다시 요가수련을 시작했다. 그러나 실망스러웠다. 일반적으로 정해진 범위 기준을 벗어나 과하게 늘이거나 접는 동작이 많았기에 수련 중에 이전에 경험했던 통증의 감각들이 다시 생생하게 느껴졌기 때문이다. '계속 수련을 해도 될까?' 망설임을 넘어 두려움까지 생겼다. 하지만 이 책의 제목처럼 내가 좋아하는 것들로서의 요가를 좀 더 해보고 싶었다.

그 과정은 절대 쉽지 않았다. 허리 통증이 조금만 찾아와도 더 넘어가는 것을 포기하고 바로 내려왔다. 가동범위는 정상으로 들어왔지만 마음은 그렇지 못했다. 심리적 불안 감이 몸속 깊게 스며들어 있었다. 머릿속에는 언제나 MRI 필름이 꽂혀 있었기 때문이다. 우르드바무카스바나아사나 Urdhva Mukha Svanasana에서 팔꿈치를 펴는 게 두려웠다. 빈야사 플로우를 하며 반복되는 자세에서 찌릿한 느낌이 수시로 나를 불쾌하게 만들었다. 불편한 통증이었다. 머릿속에 만들어 놓은 형상은 있었지만 뻗어 낼 용기가 부족했다.

'다치면 어떡하지, 더 이상은 무리야, 디스크가 터지면?' 찌릿한 느낌이 찾아올 때마다 부정적인 생각이 함께 왔다. 나는 몸을 무척 아끼고 있었고 부상에 대한 두려움으로 일어나지도 않은 일들을 머릿속으로 계속 만들어내고 있었다. 두려운 생각에서 벗어나기 위해 처음 제대로 시도한 아사나는 부장가아사나Bhujangasana였다. 제주도에서 경험한 하타 요가수련 방식이었다. 선생님께 허리 디스크가 있다고 했더니, "부장가아사나부터 해봐."라는 말씀만 해 주셨다. 그동안 디스크가 악화될 수 있어서 피해왔던 척추의 신전 각도였다.

그래도 일단 했다. 분위기에 압도되었는지 모르겠다. 이 아사나에서 끝날 때를 기다리며 한참을 머물고 있었는데 "이제 그만."이라는 다음 말씀이 없어서 계속 이어갔다. 끝나고 나서 시간을 보니 20분이 흘러 있었다. 몸으로 체험했기 때문일까? 다음날 허리가 극도로 아플 것이라고 예상했지만 생각만큼 아프지 않고 가벼웠다. 그날의 아사나 수련은 몸에 깊은 인상을 주었다.

그 후 후굴에 좀 더 애정을 쏟으며 수련을 했다. 나에게 필요한 부분이라고 생각했기 때문이다. '아프다, 힘들다, 벗어나고 싶다'라는 생각으로 빠져들려고 할 때를 알아차리고 다시 돌아왔다. 마음에서 뇌로 전달되는 정보를 바꿔보고 싶었다. 긍정의 기운이 잘 흐르도록 막혀 있는 부정의 기운들을 깨끗이 닦고 또 닦았다.

불안감이 올라올 때면 '좋아지고 있다. 치유가 되고 있다. 나디Nadi가 정화된다. 차크라Chakra가 열리고 있다.'라는 생각으로 전환하며 다시 느낌을 바라봤다. 척추를 하나씩 섬세

하게 위로 끌어 올리며 그 사이를 느끼고, 그 안에 몸을 맡
긴 채 머물러 보는 시간을 오래 가지기 시작했다. 도전할
수 있는 마음의 힘이 필요했기에 천천히 호흡과 함께 몸의
감각을 주의 깊게 바라보는 연습이었다.

부장가아사나Bhujangasana, 마리치아사나Marichyasana, 할라아사
나Halasana를 매일 반복적으로, 꾸준히 수련했다. 뒤로 깊게
열어주고, 척추 사이를 비틀어주고, 마지막으로 오랫동안
접어주는 자세였다. 척추 관절의 감각들에 집중하며 이 아
사나들을 이어갔다. 그리고는 두려움이 찾아오면 다시 호
흡으로 돌아왔다.

주로 오른쪽 다리의 저림이 수시로 찾아와 내 마음을 괴
롭혔다. 불쾌한 감각이었다. 후굴 동작을 깊게 들어가다 좌
골 신경이 눌려 다리가 저리는 느낌이 들면 천천히 돌아와
자세를 다시 바로잡았다. 그리고 다시 들어가길 반복했다.

척추 질환을 통해 경험한 근육의 수축과 신경이 눌리는
감각의 차이는 컸다. 두려움을 걷어내고 통증을 있는 그대
로 바라보며 관찰하는 태도가 필요했다. 겁을 먹게 되는 순
간 작은 통증까지도 더 크게 부풀려 상상해버리기도 하였

기 때문이다. 최대한 감정을 배제하고 있는 그대로 바라보는 연습을 이어갔다. 허리 치유에 집중하면서부터 눈을 감고 감각을 바라보는 수련 방식에 매료되었다. 마음이 어지러워지는 순간에는 시야를 차단하고 있는 그대로를 느끼는 연습이 도움되었기 때문이다. 눈을 감았을 때는 호흡도 더 잘 느껴졌다.

　처음에 느꼈던 통증과 두 번째 느끼는 통증의 감각이 확연히 달랐다. 세 번째는 더 달라졌다. 천천히 통증이 오고 가고 있음을 바라보고, 몸의 감각 또한 기분 좋음과 불편한 느낌이 왔다 갔다 하는 모습을 바라볼 수 있는 여유가 생겼다. 놀랍게도 허리는 완벽하게 치유되었다.

　"디스크가 있다면 요가 하지 마세요."라는 이야기를 종종 듣는다. 하지만 현직에 있는 운동치료사나 디스크 수술을 전문으로 하는 의사들도 역시 허리 통증, 목 통증으로 고생하는 경우가 허다하다. 이는 수술을 해도 디스크를 잡는 것이 어렵고, 운동을 해도 완벽하게 치료하기 힘들다는 말도 된다. 일상에서 운동과 요가를 하면서 다시 아프지 않으려면 몸을 움직일 때도 몸의 감각기관들을 느낄 수 있도록 마음을 보내줘야 하고, 운동 시간 외의 일상에서도 자세가 틀어져 있다면 바로 알고 돌아와야 한다.

때론 반다^{Bandha}를 잡지 못한 요가수련은 디스크를 악화시킬 수도 있다. 하지만 본인 스스로가 잘 조절하며 통증의 감각을 바라보는 태도로 이끌어간다면 완전한 치유가 일어날 수도 있다고 본다. 현재 나는 비가 오는 날에도, 무거운 물건을 들거나 오래 서 있어야 하는 날에도 허리통증이 전혀 느껴지지 않는다. 몸을 통한 이 값진 경험은 치유에 깊은 관심을 갖게 한 시간이었다.

요가할 때는 뭘 입나요?

"요가할 때는 뭘 입어야 하나요?"

요가를 처음 시작하는 사람들이 자주 하는 질문이다. 예전 국내시장에는 요가 브랜드가 없다 보니 스포츠 브랜드에서 주로 구매해 입었다. 하지만 요즘은 요가 전문 브랜드도 다양해졌다. 취향에 따라 골라 입을 수 있는 선택의 폭이 아주 넓어졌다.

굳이 선택하자면 요가 움직임의 특성을 잘 살린 기능성 옷을 입는 걸 추천한다. 하지만 요가 경험도 해보기 전에 미리 구매하기에는 조금 아까운 것 같다. 최소 한 달 정도는 편한 옷으로 수련을 해보며 한 번 살펴보고 요가복을 사는 걸 추천하고 싶다. 첫 수업은 반팔 티셔츠에 반바지면 적당하다.

과거 프랜차이즈 요가원에서 일하던 시절에는 요가복 판매를 목적으로 회원들이 요가복을 입을 수 있도록 유도해달라는 지시를 받기도 했다. 요가복을 입어야 거울을 통해 본인의 몸을 더 확실하게 체크할 수 있고 선생님들도 체형을 점검하며 잡아줄 수 있다는 논리였다.

맞는 말이긴 하다. 달라붙는 옷일수록 사람의 체형이 정확히 보여 회원의 아사나 교정을 비교적 쉽게 잡아줄 수 있다. 그러나 이 부분은 지도자의 시선에서 바라봤을 때이고 수련자 입장에서는 배를 훤히 드러내 놓거나 달라붙는 옷은 오히려 수련을 망칠 수도 있기에 주의가 필요하다.

현직 강사들을 대상으로 지도자과정 교육을 진행하던 때의 일이다. 요가 선생님들에게 코어를 느껴볼 수 있는 위치를 알려주는 시간이었는데 시범을 보여줘야 하는 선생님의 옷이 배꼽까지 올라온 팬츠였다. 배꼽 아래쪽을 손으로 잡고 숨을 쉬며 감각을 알아차려야 하는데 잘 느껴지지 않았다. 요가복이 몸을 꽉 조여서 허리 밴드를 골반까지 내리는 일도 쉽지 않았다.

"아니, 답답하게 이걸 계속 입고 있었어요?"

내가 이렇게 말하자 누군가가 대답했다.

"선생님, 이게 뱃살을 꽉 잡아줘요. 요즘 트렌드예요."

우리는 다 같이 웃었지만, 숨을 쉬지 못하는 복부에는 미안한 일이었다.

한때 나의 일상복 역시 복부를 꽉 잡아주는 레깅스였다. 수련하면서도 입고 밖에서도 즐겨 입었다. 수련을 마치고 다시 수업하러 다른 장소로 이동할 때는 다른 요가복으로 갈아입고 다니기도 했다. 그러다 보니 밥 먹을 때를 포함하여 밖에서 사람들을 만날 때도 대부분 입고 있었던 것 같다. 사실 이런 레깅스에 익숙해졌을 때는 몸을 불편하게 하고 있다는 것을 잘 몰랐다. 그저 레깅스가 내 몸매를 예뻐 보이게 만들어 준다는 생각만 했다.

하지만 장시간 입게 되는 레깅스가 건강에 좋지 않은 영향을 끼치는 것은 분명했다. 일단 일상에서도 꼭 끼게 조여주는 밴드 때문에 복부에 무의식적으로 힘이 들어갔다. 그러면서 장기들이 제대로 숨을 못 쉬니 소화가 잘되지 않을 뿐만 아니라 냉도 나오고 순환이 잘 이루어지지 않았다. 복부는 가능한 따뜻해야 몸에 들어오는 질병 또한 잘 막아 줄 수 있다고 말했지만, 그렇게 말하고 있는 내 복부는 차가웠다.

몸의 신호를 주시하면서부터 내가 입고 있는 것들에 관심을 두게 됐다. 그러고는 가능한 조여주는 옷들은 조금씩 피하기 시작했다. 지금도 수련할 때는 걸리적거리는 것이 불편해 몸에 붙는 요가복을 선호하지만 가능한 호흡에 방해되지 않는 비교적 편안한 옷을 선택하는 중이다. 그러곤 일상에서는 다 벗어 놓는다. 내 몸을 감싸고 있는 것들이 이제는 무척 답답하게 느껴지기 때문이다. 벗어 던지고 나니 그렇게 시원할 수가 없다. 그러면서 자연스럽게 노브라도 좋아하게 됐다.

화려한 요가복을 좋아하던 때가 있었다. 그때의 선택에는 안의 모습보다 겉으로 보이는 모습에 더 비중을 두었던 것 같다. 수련하다가도 거울을 통해 보이는 모습을 자주 체크도 하고 색깔별로 요가복도 모아봤다. 보관할 곳도 없는데 계속 더 쟁여 두고 싶고 내 몸을 예쁘고 멋지게 꾸미고 싶은 욕구가 가득했다.

'얼굴이 어떻다, 너무 말랐다, 흰머리가 생겼다, 뾰루지가 났다, 배가 나왔다' 등의 평가는 사실 요가를 하면서 중요한 부분이 아니었다.

주변 환경의 영향도 컸다. 화려한 공간에 들어서면 의기소침해지기도 하고 많은 사람들과 만난 날은 피로도가 더 잘 느껴졌다. 그런 날은 집에 도착해서 필요한 물건이 없음에도 온라인 쇼핑 코너를 기웃거리며 나를 꾸며줄 무언가를 찾아 헤맸다. 결과는 뻔했다. 물질적인 만족감은 아주 짧을 뿐이었고 필요 없는 물건들로 짐만 쌓여 갔다.

문득 물건을 구매하기 위해 노력하는 감정 에너지와 그것들을 축적하기 위해 유지하는 비용과 시간이 아깝다는 생각이 들었다. 단지 짧은 만족감을 위해 낭비되는 것들이었기 때문이다. 자신을 꾸미는 일이 행복감을 주는 일이라고 생각하며 물건에 집착하고 있었던 것이다.

하지만 다시 바라보니 대부분은 짐에 불과했고 집안에는 쓰지 않는 것들이 훨씬 많다는 것을 알게 됐다. 이러한 것들이 오히려 삶의 무게를 더하는 역할만 할 뿐이었다.

'왜 필요 없는 물건들을 계속 쌓게 되는 걸까?' 나에게 질문을 했다. 구매하기 전의 마음 상태를 살피며 발견한 것은 타인과 비교하며 갖게 된 내 모습에 대한 불만족이었다. 하나가 충족되면 또 다른 부족한 부분을 습관처럼 찾아 나서고 있었다. 이는 요가를 해도 계속 에너지가 빠져나가고 삶이 고단해지는 이유와 원인을 살피는 시간이 되기도 했다.

우선 사용하지 않는 물건을 버리기 시작했다. 1년 동안 손을 대지 않은 물건은 앞으로도 사용하지 않을 거라는 길

알았다. 박스에 짐을 담아 6개월간 창고에 두었다. 그래도 다시 찾지 않으면 필요한 사람에게 전달하든가 과감하게 버렸다. 초반에는 분류하는 과정이 몹시 서툴렀다. '이건 내 거야.'라는 소유하고 싶은 마음을 내려 놓는 게 힘들었다. 하지만 이렇게 반복하다 보니 비움이 주는 즐거움이 컸다. 비우고 또 비울수록 마음 또한 가벼워졌다.

빈 곳의 여유를 두는 게 좋아졌다. 가능한 몸에 숨이 부드럽게 오고 갈 수 있는 편안한 옷을 걸치며 손톱 다듬기는 물론 집안에는 헤어·바디용품, 화장품도 없앴다. 줄이면 줄일수록 쉴 수 있는 마음의 공간이 넓어지는 것이 느껴졌기 때문이다. 보이는 물건을 줄여가니 그에 따라 찾아오는 수많은 잡념도 줄어들었다. 게다가 외출을 준비하는 시간도 훨씬 절약됐다. 지금의 단순함이 익숙해져서 현재는 무엇을 소비하든 두 가지 질문을 하고 있다.

"나를 위해서인가, 남을 위해서인가? 지금 이 물건이 없으면 큰일이 생기는가?"

그러면서 나를 바라보는 태도를 조금은 친절하게 바꿔 보았다. 단점이라고 생각했던 부분에 따뜻한 관심을 가져갔다. 피부가 거칠고, 점이 있고, 말랐다는 게 흠이라고 생각했다. 사실 다른 이들은 신경 쓰지 않는 부분임에도 나의 부족한 점들을 찾아 나서고 이를 개선하기 위해 애쓰며 노력해왔다. 스스로 불편한 시선으로 바라봤던 부분들을 좀 더 칭찬해주며 매력이 넘친다고 말해주기 시작했다. 어색할 줄 알았는데 그렇지 않았다. 그 시간이 나름대로 재미도 있었다.

요가수련도 마찬가지였다. 흐름이 뜻대로 잡히지 않고 균형이 유지되지 않을 때면 틀어진 골반과 휜 다리, 척추 등을 탓하게 되었고, 때로는 내 수준을 벗어난 아사나에 지나치게 욕심을 부리기도 하였다. 그럴 때는 다음날 근육통이 심하게 찾아오던가 아니면 상처를 쉽게 입었다. 지금 나의 모습에서 부족한 점들을 찾고 이를 개선하기 위해서 노력을 아끼지 않았다. 요가수련은 경쟁이 아니라는 것을 알면서도 마음작용을 바라보지 못한 날은 쉽게 무너져 버릴 수밖에 없었다. 이는 타인과의 경쟁의식에서 생긴 그릇된 태도였다는 것을 깨닫게 됐다.

그리하여 완벽하고 멋진 아사나를 완성하려는 노력보다

쉬운 아사나라 할지라도 섬세하게 그 순간의 감각들을 알아차리며 머무는 연습도 꾸준히 이어갔다. 그 안에서도 몸의 단점을 찾아내고 질책하기보다 격려해주는 태도를 가져갔다. 변화는 흥미로웠다. 수련 중에도 미소가 생기기 시작했다. 조금은 여유가 생긴 것 같았다. 완벽한 균형을 이룬 아사나보다 더 큰 즐거움이었다.

이렇게 몸에 대한 평가와 질책을 일삼던 잔소리꾼인 '나'조차도 내려놔 보니 몸도 마음도 무척 가벼워졌다. 자유로웠다. 거울을 보지 않고, 눈을 감는 것도 도움이 되었다. 이는 외부로만 향하는 마음을 안으로 돌리면서부터 나를 감싸주고 보호해줄 수 있었다. 확실히 느껴지는 건 몸의 감각에 충실하며 오직 나를 알아차리는 수련을 했던 날에는 몸도 훨씬 개운했다.

누군가를 위해 나를 더 멋지게 만들어가는 일은 삶에 별로 도움을 줄 수 없다. 더 중요한 것은 내가 원하는 바가 무엇인지를 알아가는 일이었다. '나는 이걸 원해, 저걸 원해' 하는 것들을 계속 채워 넣은 상태가 아닌 필요한 이유에 대해 곰곰이 생각해보는 시간이 필요하다. 마음속으로 원하는 것을 갖는다고 만족감이 그리 오래 지속되지는 않기 때문이다. 따뜻한 커피 한 잔이 주는 만족감이 얼마나 오래 가는지 떠올려 보면 알 수 있다.

나에게 중요했던 건 타인과 비교하며 채워가는 방식이 아닌 스스로 필요한 것들을 분류하고 선택하는 것이었다. 지금도 때론 주변의 유혹에 휘청거리지만, 중심을 놓치지 않으려고 한다. 나를 의식하는 데 쏟는 시간도 부족한 마당에 타인의 시선을 의식하고 물건을 쌓아가며 살아가는 일은 정말 피곤하다. 결국 무엇을 걸치고 있느냐는 중요한 게 아니다.

임산부는 이완요가만 하라구요?

"선생님, 아무래도 당분간 요가수업은 쉬셔야 할 것 같아요. 임신중인 선생님은 수업 진행이 어렵다고 해요."

요가원에서 전임수업을 담당하고 있을 때였다. 임신 소식을 알게 된 그 날 센터장으로부터 강의를 그만둬야 한다는 전달을 받았다. 회사에서 내린 일방적인 통보였다.

기다리던 임신 소식에 기뻤던 마음이 얼마 못가 일자리를 잃었다는 생각으로 허무하고 아쉬운 마음이 되었다. 게다가 수강생들과 작별 인사도 나누지 못한 상황이라 속상한 마음도 들었다.

이해되지 않는 일은 아니었다. 다른 센터에 있던 임신한 요가선생님이 수업을 무리하게 이끌고 가다가 유산을 한 일이 있었다. 회사로서는 그렇게 결정할 수밖에 없었다는 것이 어느 정도 이해가 됐다. 다만 생산 능력을 갖춘 사회 한 사람으로서 소외된 기분이 드는 건 어쩔 수 없었다.

배가 점점 불러오면서 슬슬 어깨도 무겁고 허리도 뻐근해졌다. 임신 초기에 거의 움직이지 않다 보니 체중이 확 늘어나 버린 영향이었다. '이대로 요가를 잠시 쉬어볼까?'라는 마음이 들기도 하였지만 몸이 요가 수련을 원하고 있었다. 한국의 임산부 요가 자료들은 이완 요가와 스트레칭의 비중이 높았다. 하지만 내 몸은 임신 전과 같은 강도 높은 수련을 원하고 있었다. 그래서 집에서 혼자 수련을 시작했다. 솔직히 간섭하는 사람이 없어서 더 좋았다.

예전과 같은 수련을 했다. 처음에는 복부의 아주 미세한 자극에도 걱정이 되었지만 아기의 태동도 수시로 느껴졌고, 엄마가 행복하면 아기도 행복하다는 말을 믿고 있어서 크게 걱정되지 않았다. 오히려 무거워졌던 몸이 가벼워져서 몸도 시원하고 편안했다.

'이렇게 좋은데, 임산부에게는 왜 이완 요가만 강조할까?' 체중 증가와 활동량 감소로 찌뿌둥해진 몸을 풀어내기에는 이완만으로는 부족했다. 쭉쭉 늘리기도 하고 땀도 내야 훨씬 시원한 게 분명했다.

반면, 주변에서는 걱정 어린 말들이 늘었다. "임산부는 위험하다. 누워있어라. 앉아서 하는 요가만 해야 한다."라고만 하니 답답한 노릇이었다. 많은 사람들에게 알려주고 싶었지만 정보가 부족했다. 몸으로는 임산부도 근력을 키울 수 있는 요가가 필요하다는 게 느껴졌지만 다른 임산부들에게 이런 요가를 추천해도 될지 확신이 서지 않았다.

그래도 활기 넘치는 임신기의 즐거움을 알려주고 싶은 마음이 컸다. 그래서 본격적으로 임산부 재활에 관한 공부를 시작하며 요가와 접목하기 시작했다.

임신기 동안 시기별로 내 몸에 맞춰 요가를 적용해 보았고, 임신기에 생기는 통증들을 치유해가며 수련 상황을 기록으로 남겨 갔다. 확실히 임신 전보다의 움직임은 자유롭지 못했지만 아사나의 멈춤 속에서 느껴지는 아기의 태동은 내 마음을 편안하게 만들었다. 이때의 기록영상을 유튜브와 블로그로 공유하기도 했는데 이를 통해 비슷한 처지에 있는, 불편함을 느끼고 있던 산모들에게도 도움을 줄 수 있었다. 특히 꼬리뼈, 골반, 허리통증을 유발시킬 수 있는 '임산부 환도 선다' 치유 포스팅에는 댓글이 100개나 달릴 정도로 관심이 많았고, 덕분에 그 안에서 재미나게 산모들과 소통을 할 수 있었다.

통증 완화에 도움을 받은 산모들이 점차 많아졌다. 산부인과에 근무하는 조산사 김수진 선생님께도 통증 완화 포스팅이 전해져 산부인과 내에 영상을 공유해도 되는지에 대한 연락을 받기도 했다. 그분과 좋은 인연이 되어 현재까지 교육을 통한 만남을 이어나가고 있다. 나의 경험이 이렇게 다른 사람들에게도 도움을 줄 수 있다는 사실에 뿌듯함이 느껴졌던 시간이었다.

건강하고 행복한 임신기를 위한 마지막 계획은 엄마와 아빠, 배 속 아기가 출산의 주체가 되는 자연주의 출산이었다. 본격적인 출산을 준비하면서부터는 요가 아사나 수련보다는 호흡 수련을 통한 마음의 안정에 좀 더 신경을 썼다. 막달에 한 번씩 찾아오는 출산에 대한 두려움을 지혜롭게 대처하기 위한 방법이었다. 출산 장소는 자유로운 분위기를 존중해주는 조산원이었다. 나는 그곳에서 산통이 오던 날도 어김없이 요가를 했다. 의도했다기보다 그냥 몸이 느껴지는 대로 움직였는데 진통의 순간에 나온 동작들이 다 요가 동작이었다. 물론 고통이 느껴지는 시간도 있었지만 내가 상상했던 것만큼의 통증은 아니었다.

"리꼼아! 조금만 더 힘내!"

내 아픔보다 '아기가 배 속에서 새로운 자극들로 두려움에 떨고 있지 않을까' 하는 걱정이 앞섰다. 다행히 나에겐 응원의 소리를 전할 여유가 있었다. 배를 쓰다듬으며 호흡과 함께 아낌없는 응원을 해줬다. 말이 안 나오면 마음으로 외쳤다. 아기와 나는 연결되어 있다는 것을 믿었다.

통증의 파도 위에 몸을 내맡기며 아기가 내려오는 순간을 있는 그대로 느낄 수 있었다. 이완 호흡을 하며 다리 사이로 살짝 나온 머리를 만졌다. 머리카락을 만졌던 손의 촉감이 아직도 남아 있는 듯하다. 얼마 안 되어 리꼼이는 힘차게 머리를 밀어내며 세상으로 나올 막바지 준비를 했다.

나도 아기를 도와주고 싶어 최대한 몸에 들어가는 힘을 빼고 밀어내는 호흡으로 집중했다. 그 순간 물컹거리는 느낌이 들더니 미끄러지듯 순풍 아기가 나왔다. 아주 시원한 느낌이었다. 그리고는 온몸에 긴장이 풀렸다. 온 감각을 몸으로 그대로 받아들이고 느꼈던 기분 좋은 시간이었다.

"고생 많았어. 리꼼아, 엄마야."

캥거루 케어를 하며 아기를 안고 등을 토닥토닥 해주며 말했다. 그때 리꼼이는 울음을 그치며 목소리가 들리는 곳으로 시선을 옮겼다. 우리는 서로를 쳐다봤다. 그리고는 씩 웃었다. 엄마는 웃음으로 아기와의 만남을 반겼지만, 호르몬 작용 없이 밤낮으로 나와 아기를 지키며 고생한 리꿈 아빠는 기쁨의 눈물을 계속 흘렸다. 이날의 영상 기록은 현재도 임산부 요가 교육생들에게 공유되고 있다. 교육에서 강조하는 '출산은 고통이 아닌 축제'라는 메시지가 고스란히 담겨 있기 때문이다.

아직도 그날의 기억이 생생하다. 그동안 아기와의 교감으로 '잘 낳을 수 있다!'는 확신과 꾸준한 요가수련으로 몸과 마음이 건강해진 결과였다. 출산을 준비하며 추구했던 방식은 임신 전과 같은 활동량과 수련을 이어가는 것이었다. 주의한 아사나는 엎드린 자세들일 뿐 예전과 다를 바 없이 수련하였고 머리서기 역시 같게 이어갔다. 편안한 마음가짐을 가졌는지 확인하며 배 속에서 아기도 함께 수련한다는 이미지를 계속 그리면서 말이다.

이 과정은 나 자신이 주도적인 출산을 할 수 있다는 자신감을 심어주었다. 또한 임신기에 겪게 되는 통증들을 없앨 수 있었다. 그 시간 동안 아기와의 깊은 교감을 느꼈다. 진심으로 아기도 나와 함께 움직이고 있다는 것을 느꼈다. 임신 기간 동안 했던 요가는 나에게 둘도 없는 친구였다.

  아이가 요가로 태교를 했던 시간을 기억했기 때문일까? 아이는 현재도 엄마의 요가 시간에 함께 참여하고 있다. 아기 때는 바운서에 누워서 엄마가 수련하는 모습을 구경하였고 기어 다니기 시작할 무렵부터는 엄마가 수련할 때 찾아와 덥석 안기길 잘했다. 어깨에도 매달리고 허리에도 매달리고 누워 있는 내 배 위로도 올라왔다.

  첫 느낌은 '방해꾼이 요가를 못 하게 한다.'였지만 '무게를 실어 움직이는 수련도 의미가 있다.'라는 생각으로 마음의 방향을 바꿔 나갔다. 그러자 아이와 함께 움직이는 수련에 재미가 붙었고 아이 또한 놀이기구를 탄다며 무척 좋아했다. 산통을 겪은 몸이라 예전만큼 코어도 잘 잡히지 않았고 늘어난 복부의 살들과 튼살도 생겼지만 아이와의 요가 시간을 통해 기대하지 않던 위로를 많이 받았다. 그 순간 얻게 되는 즐거움이 넘치는 에너지는 무엇과도 견줄 수가 없었다.

  이제 아이는 유치원에서도 제일 높은 형님반이 되었다. 지금은 엄마의 수련시간에 달려드는 것보다는 옆에서 따라 하는 것을 좋아하고 가끔은 엄마가 요가 선생님이 되

어 친구들과 함께하는 요가 시간도 좋아한다. 키즈 요가
를 할 때 보게 되는 아이들의 아사나는 완벽하다. 몸에 군
더더기도 없고 원하는 만큼 움직인다. 또한 공포심도 없고
막힘도 없다.

삶의 변화가 찾아오며 몸이 자유롭지 못하던 시기, 예전
처럼 마음 편히 수련을 못 하는 이유는 주변에 있는 방해물
들 때문이라고 생각했다. '요가원이 조금만 더 가까웠으면
매일 갔을 텐데. 나만의 수련 공간이 있었으면 좋겠다. 아
이가 어서 기관을 다녀서 시간이 많아져야 하는데.'라고 생
각하며 스트레스를 받은 적도 있었다.

그러나 외부 환경은 나 혼자 힘으로 바꿀 수 있는 게 아
니었다. 또한 변화만을 추구하고 현실을 거부할수록 에너
지는 엉뚱한 곳으로 빠져나가기만 해서 곧잘 피곤함을 느
꼈다. 그러다 문득 '내가 지금 뭘 하는 거지?'라는 생각이
들었다. 회원들에게는 매트 하나만 있으면 언제 어디서든
요가는 가능하다고 말해 놓고 정작 나는 환경을 탓하며 투
덜거리고 있다는 것을 깨달았다.

가만히 들여다보니 나는 습관처럼 반복적으로 부정적인

생각을 만들어 가고 있었다. 수련을 못하는 이유에 대한 핑 곗거리를 찾으려 할 때마다 서둘러 긍정적인 생각으로 바 꿔 놓기를 연습해봤다. '누울 수 있는 공간이 있잖아. 매트 도 있고, 요가복도 있고, 움직일 수 있는 몸도 있고! 이쯤이 면 충분해.'라고 말이다.

현재의 조건들을 수용하고 거부하는 것은 오로지 나의 마음 상태에 달려 있었다. 주어진 환경에서 감사한 일들을 먼저 찾아보려 했다. 또한 힘든 일이나 혹은 없애거나 바꿔 버리고 싶은 일들에 대해 부정적인 감정을 추가하지 않고 있는 그대로 받아들이는 연습도 하기 시작했다. 점차 요가 를 시작하는 마음이 한결 가벼워졌다. 마음만 바꾸면 외부 환경을 애써 바꾸지 않아도 자유로울 수 있다는 것도 몸으 로 느끼게 되었다.

이제껏 나는 행복은 오직 미래에만 존재하는 줄 알았다. 그래서 지금의 아쉬운 부분들이 변화되어야 삶의 행복을 얻을 수 있을 거라고 생각했다. 하지만 생각을 고치지 않으 면 지금도, 그리고 미래에도 불평과 불만만 하는 사람이 될 것이라는 것을 알게 되었다.

　육아를 하면서 온전한 나만의 시간과 공간을 찾는 것은 쉽지 않은 일이다. 현재 나는 이른 새벽, 아이의 물건들이 널려 있는 방에서 수련하고 있다. 저녁에는 간단히 방을 청소하고 다음날 수련을 위해 설레는 마음으로 일찍 잠자리에 든다. 일찍 일어날수록 나만의 시간은 더 늘어난다. 새벽 5시, 알람이 울리면 나는 아이가 깨지 않도록 조용히 방을 나온다.

　일어나서 처음 하는 일은 보이차로 몸에게 하루의 시작을 알려주는 것이다. 몸에서 열기가 조금씩 생겨나면 그때부터 수련을 시작한다. 몸이 무거운 날도 있지만 어떤 날은 깃털처럼 가볍게 느껴지는 날도 있다. 또 어떤 날은 앞으로 숙이는 자세로 편안함을 얻고, 어느 날엔 뒤로 젖히는 자세로 기분이 좋아지기도 한다. 수련을 하면서 나는 다른 사람과 나를 비교하는 것이 아니라 어제와 오늘의 나, 과거와 현재의 내 모습을 비교했고, 발전해가는 몸에 대해 감사하는 마음을 갖게 되었다. 이러한 연습을 통해 나는 삶을 긍정적으로 바라볼 수 있게 되었다.

　집에서 매트를 깔고 수련하는 것에 익숙해지기까지 시간

이 필요했지만, 지금 이 공간과 새벽시간은 내게 수련하기에 최고의 조건으로 자리잡았다. 상황을 바꾸지 않아도 요가는 언제든 할 수 있다는 것을 진심으로 깨닫게 된 것이다.

가끔 상상해본다. 미래의 나에게 요가는 또 어떤 모습으로 다가와 줄지 말이다. 오랫동안 사업을 하셨던 70대 여성 회원분이 기억에 남는다. 수련 후 다 함께 모여 차를 마시며 담화를 나누는 차담 시간에 불현듯 본인의 이야기를 꺼내셨다.

"요가 하기 정말 잘한 것 같아요. 요가를 안 만났으면 지금 시간이 심심했을 거예요."

그분은 나이 70세에 요가를 만났다고 했다. 늦은 나이에 시작했지만 하면 할수록 몸이 개운해지고, 젊은 사람들과 비교는 안 되지만 몸이 변하는 게 느껴진다며 좋아하셨다. 자녀들도 모두 시집 장가 다 보내고, 사업도 대부분 정리를 해서 남은 건 시간밖에 없다고 하셨다. 요가를 안 했으면 삶이 무료했을 거라면서 요즘은 하루하루가 즐겁다는 얘기를 많은 분들 앞에서 나눠 주셨다. 자연스러운 그 분의 백발이 그날따라 눈부시게 아름다워 보였다. 그날의 인상은 앞으로 다가올 미래의 내 모습도 상상할 수 있는 시간을 갖게 해주었다.

지금까지 요가는 나에게 삶의 동반자 역할을 해주었다. 주어진 환경에 따라 다양한 모습으로 다가와 주었고 좀 더 지혜로운 길로 이끌어주었다. 계획했던 일들이 뜻대로 되지 않고 예상하지 못한 일들이 벌어져 좌절했던 순간도 있었다. 그때마다 몰두했던 것은 내 환경 조건에 맞춘 변형된 요가였다. 이는 삶의 균형을 잡아주었고 스스로 주도권을 잡아 이끌어갈 수 있도록 도움을 주었다. 어쩌면 요가의 역할은 삶의 순리에 맞춰 잘 살아갈 수 있도록 가이드를 해주고 있었는지도 모르겠다.

때로는 나에게 주어진 조건들이 마음에 들지 않고 바꿔버리고 싶은 충동이 생기기도 하지만, 그때마다 요가는 흐름을 잘 따라가야 한다는 주의를 주었다. 그래야 수련할 때 몸도 다치지 않고, 삶을 살아가면서 마음 또한 다치지 않고 편안해질 수 있을 테니까 말이다.

세월의 흐름에 따라 점점 몸의 관절도 약해지고, 주름도 많아지고, 근육의 힘도 떨어질 것이다. 또한 생각, 감각, 느낌에도 변화가 생겨날 것이다. 삶 속에서 일어나는 자연스러운 변화에 저항하지 않고 반가운 마음으로 맞이하기 위해서라도 요가는 계속하고 있을 것 같다. 그 누구도 앞날은 모르지만 특별한 일이 없으면 나이가 들어서도 계속 요가를 하고 있지 않을까? 할머니가 되어 요가를 하는 맛은 어떨지 벌써 기대된다.

요가로 자궁을 다독이다

"우리, 요가 한 번 제대로 해볼까요?"

테라피 임산부 지도자과정에서 자궁질환으로 고생하고 있던 두 명의 교육생에게 특별한 요가를 해보자고 제안했다. 종종 난임으로 힘들어하는 교육생들을 만나기도 했지만 내가 먼저 적극적으로 제안한 건 처음이었다. 이들은 요가를 제대로 경험해보지 못했던 일반 직장인들이었는데, 그들의 사연이 안타까워 함께 해보자고 제안한 것이다.

수업료는 무료. 다만 내가 요구하는 부분들을 적극적으로 따라줄 것을 사전에 약속받았다. 제안한 조건은 수업 기간 동안 환경호르몬에 대한 노출을 줄이는 것이었다. 화장품·샴푸·일회용품 사용 줄이기, 그리고 먹는 음식에도 관심을 가져보기로 하였다. 또한 수업 시간 외에 요가 과제도 충실히 할 것을 약속받았다. 교육을 통해 마음을 열어놓은 상태였기에 그녀들 역시 즐거운 마음으로 동의를 했다.

두 명 모두 다낭성 난소 증후군을 진단받아 요가를 경험하기 전 이미 산부인과에서 난임 치료를 받고 있었다. 30대 여성 A씨는 서둘러 임신을 하길 원했다. 20대 B씨는 생리불순을 해결하고 싶어 했다. 매번 약을 먹지 않으면 견디기 힘들 정도였다.

우리는 매트를 깔고 본격적으로 자궁을 위한 요가수련을 했다. 처음엔 부드러운 아사나부터 시작했다. 사전 상담에서 두 사람 모두 감정 조절이 무척 힘들다고 했다. 화가 날 때 참을 수가 없으며 때론 지나칠 정도로 삶에 피로가 느껴지기도 한다고 했다.

우리는 몸을 자세히 바라볼 수 있도록 천천히 다가갔다. 가다가 화가 올라오면 멈추라고 얘기했다. 그리고 숨을 쉬어야 한다는 것을 강조했다. B는 호흡이 자주 가빠졌다. 그럴 땐 더 가지 않아도 된다고 알려주었다. 그렇게 조금씩 몸을 바라보는 연습에 적응해갔다. 몸이 이완되고 편안한 느낌을 아사나에서도 찾아갔다.

딱 한 달이 지나자 강도를 높여도 되겠다는 판단이 들었다. 골반 주변 근육들의 각성을 시작으로 안으로 깊이 들어갔다. 꽉 막혀 있다는 게 느껴졌다. A는 온종일 의자에만 앉아서 일하고, B는 종일 서서 일을 하는 사람이었다. 두 경우 모두 골반을 부드럽게 풀어가는 과정이 쉽지만은 않았다. 시간이 꽤 걸리긴 했지만 열심히 따라와 주었다.

    수업 시간에는 아사나를 통해 깊은 자극을 주었고, 수업 외 시간에도 혼자서 소도구를 이용해 이완할 수 있도록 팁을 주었다. 수련을 마치고 나면 항상 따뜻한 차를 마시며 몸의 변화와 마음의 변화에 관해서도 얘기를 나눴다. 복부를 따뜻하게 만들어 주며 몸 상태를 확인하고 마음을 느낄 수 있는 제일 중요한 시간이었다.

    "힘들고 지치기도 했는데 막상 하고 나면 너무 개운해요. 그리고 몸이 달라지는 게 보이니까 신기해요! 특히 식이요법은 혼자 했으면 결코 못 했을 거예요. 같이 해서 더 잘 지켜나갔던 것 같아요."

    "병원을 갔더니 난포가 줄었다는데요! 오히려 의사 선생님이 놀라셨어요. 약도 안 먹고 변화가 생기다니!"

    다낭성 난소 증후군이 심각하다고 했는데 신기하게도 난포가 줄어들면서 정상 범위에 들어왔다는 얘기를 전해주었다. 우리는 모두 기뻐하며 축하했다. 더불어 식습관을 바꾸는 것이 얼마나 힘든 일인지를 알기에 진심으로 축하해주었다.

    그 후로 두 사람은 조금씩 요가에 빠져들었다. 균형감각도 좋아졌고, 호흡도 매우 부드러워졌다. 자궁과 밀접한 관계가 있는 내면의 심리적 불안감을 바라보며 내려놓는 연습을 반복했다. 그리고 '나'라는 몸에서 벗어나 지켜보는 연습도 했다. 얼굴 표정이 한층 부드러웠다. 함께 수련하는 공간의 기운도 좋았다. 마음가짐이 편안해지고 있다는 것을 옆에 있는 나 또한 그대로 느낄 수 있었다. 자궁의 건강은 이러한 방식으로 치유를 도울 수 있다는 것을 내 몸을 통해서도 이미 알고 있었고, 이 좋은 방법을 이들에게도 알려주고 싶었다. 다행히 이들은 열심히 따라와 주었고 역시나 결과는 좋았다. 마지막 차담 시간에 A 여성이 말했다.

"그동안 내 마음을 돌아볼 시간이 없었어요. 자주 내 몸을 원망했던 것 같아요. 그러면서 남편에게 미운 마음이 생기기도 했고요. 누군가를 원망하며 남 탓하고 살아왔는데 내가 먼저 나를 아끼고 사랑해줘야 한다는 것을 깨닫게 되었어요. 이 기운을 배 속 아기에게도 잘 전해 주고 싶어요."

A는 기쁜 임신 소식을 알려주었다. 그리고 B는 두 달에 한 번씩 하던 불규칙했던 월경이 호르몬제 없이도 정기적으로 조절되었고 난포도 많이 줄어들었다고 했다. B는 현

재 요가선생님이 됐다. 요가수련에 마음을 열고 적극적으로 동참해준 그녀들에게 진심으로 감사했다.

여성의 몸에 대해 강의하다 보면 기수마다 유산, 난임, 생리불순, 다낭성 난소 증후군으로 힘들어하는 사람들을 많이 만난다. 그리고 이러한 사람들이 점점 많아지고 있다는 것을 체감한다. 임신이 여성의 삶에 전부가 될 수는 없지만 난임으로 고생하는 여성의 마음은 정말 힘들 것이다.

사실 자궁이 건강하지 않더라도 임신이 되는 예는 있다. 다만 기름진 밭에 씨를 뿌리면 더 잘 크는 것처럼 준비된 엄마의 건강한 자궁에 씨가 들어오면 임신기에는 아기도 편하고 엄마도 편안하게 보낼 수 있다. 앞으로의 계획이 어떠하든 바로 지금 찾아오는 불편한 증상을 위해서라도 여성이라면 자궁의 건강에 관심을 가져야 한다고 생각한다. 나는 여성의 몸, 그 자궁에 관심이 매우 많다. 살아오면서 여성의 몸으로 태어났다는 것이 마냥 좋지만은 않았다.

"넌 여자라서 안 돼."

이런 말을 어릴 적부터 들어왔고, 커서도 역시 신경쓸 부분이 많아 번거롭다고만 느꼈을 뿐 내 몸에 관심을 주지는 않았다. 그러다 보니 매달 한 번씩 월경이 있을 때는 더욱이 자궁을 그리 좋아하는 마음으로 대하지는 못했던 것 같다.

하지만 출산의 경험과 내 몸과의 대화, 그리고 나의 첫 성장은 엄마의 자궁에서 시작됐고, 아직도 우리가 발견해내지 못한 수많은 비밀들이 그 안에 숨겨져 있지 않을까 하는 의문도 생겼다.

요가를 한다고 모두 건강한 자궁을 갖고 있지는 않은 것 같다. 왜냐하면 요가선생님이라고 모두 자궁이 건강한 것은 아니기 때문이다. 난임도 많고 생리통으로 고생하는 사람도 많다. 또한 주변에서도 자궁내막증으로 수술한 예도 종종 있다. 나 역시 요가를 하면서 바로 자궁이 건강해졌다고 생각되지 않는다.

일시적으로 생리통이 없어지고 생리 주기가 잡혔지만 조금만 무리를 해도 다시 안 좋았던 예전으로 돌아가 버리기 일쑤였다. 그래서 나부터 외부로도 내부로도 변화를 주기 위해 자궁에 나쁜 영향을 주는 것들을 바꿔 나갔다. 외부 요인으로 본다면 환경호르몬을 떠올릴 수밖에 없다. 각종 화학첨가물이 들어간 가공식품, 플라스틱 용기 사용 증가, 생리대 사용 등이 대표적이며 몸에 직접 쓰게 되는 화장품, 향수, 샴푸 등도 영향을 줄 수 있다.

'한 번 해보자'라는 마음으로 이것들을 하나씩 줄여가는 생활을 하기 시작했다. 작은 실천들이 쌓여가면서 반대로 집안의 쓰레기는 줄어들었으며, 시간을 절약하는 데도 큰 도움을 받았다. 이런 경험을 바탕으로 여성호르몬에 불균형이 있다고 얘기하는 사람에게는 같이 실천해보자고 적극적으로 나서게 됐다. 이런 일은 누구나 할 수 있기 때문이다.

앞으로도 우리는 환경의 영향을 받으며 살아갈 수밖에 없다. 과거에는 안전하다고 하였던 비스페놀 A 프리(BPA-Free) 역시 생식계를 교란 시킨다는 연구결과가 나왔다. 기왕이면 미리 준비하는 마음으로 과하게 사용되는 것들을 줄이는 습관을 들일 필요가 있다. 내 자궁을 위해, 우리 지구를 위해서 말이다.

생리와 관련된 내부의 요인은 딱 하나, 심리적인 문제였다. 심리적 요인과 자궁의 관계에 대한 논문자료는 현재까지도 무수히 많이 나오고 있다. 생각해보면 심리적으로 불안하거나 힘이 들 때는 생리가 자주 끊겼었다. 스트레스를 많이 받았던 시간이었다.

지나와서 자궁을 돌이켜보면 참 신기하다. 결혼하고 '임신을 해야지' 하고 마음을 먹었을 때는 임신이 잘 안 되다가 '임신을 생각하지 말아야지'라고 하니 아기가 생겼다. 그리고 아기가 나올 때가 되었을 때는 '왜 이렇게 안 나오는 걸까?' 걱정하니 아기는 나올 기미가 없었고 '언젠가 나오겠지' 하고 마음을 비우니 아기가 나오려고 신호를 보냈다.

내가 가진 경험은 절대 특별한 경험이 아니다. 여성들누구에게나 있는 경험이었다. 이건 임신을 안 해도 알 수 있다. 여행을 앞두고 '어서 생리해야 하는데!'라고 조바심을 내고 있으면 안 하다가 마음 푹 놓고 여행을 가면 생리를 해버리지 않나. 자궁은 정말 신비로운 존재라는 생각이 든다.

요가수련을 하면서도 자궁에 대해 좀 더 생각해 볼 필요가 있다고 본다. 요가는 전통을 중심으로 개인의 몸에 맞게 수련하는 것이 최상의 방법이다. 다른 사람이 개척해 놓은 것을 의식 없이 따라가기보다 지속적으로 감각적 느낌을 관찰하며 나에게 맞춰 나가는 것이 필요하다.

누가 좋다고 말하는 아사나를 따라가기보다 지금 내 몸에 도움이 되는 아사나를 하는 게 필요하다. 그러려면 내 몸이 보내는 신호에 주의를 기울여야 한다. 과거에는 정해진 계율과 수련방식이 옳다고 판단하고 무작정 따라가기 바빴다. 그러했기에 수련은 더욱 험난했던 것 같다. 내 몸의 흐름을 무시한 채 말이다. 하지만 여성의 몸은 한 달의 주기 안에서도 오르내리는 흐름이 있다. 남성의 수련법과 여성의 수련법은 그런 면에서 조금은 차이를 두어야 한다는 생각이 들었다.

그럼 생리 기간의 여성 수련자는 요가수련을 어떻게 해야 할까? 많은 요가수련자들이 이에 관한 생각들이 다르고 실천하는 방향도 다르다. 그래서 선생님마다 제시하는 답변 또한 다른 것 같다. 어떤 물리치료사의 경우에는 자궁과 난소의 위치를 자세히 설명해주며 근육 수축이 안쪽에서 일어나는 생리 변화와는 관계가 없으니 안심하라고 했다. 하지만 요가는 반다[Bandha]를 잡는 수련이다. 이 반다는 단순히 골반기저근의 근육을 수축하는 것을 넘어 에너지의 통로를 잠근다는 의미가 있다. 자연의 섭리에 따라 흐르는 것은 내려가게 두어야 하는데 이 시기에 강도 높은 움직임은 가능한 하지 않는 게 좋지 않을까?

나의 경우는 생리 기간에는 일단 쉰다. 모든 이들에게 정답이 될 수는 없지만, 현재 내 몸에는 이게 정답이다. 이 안에서 역자세만 피하면 괜찮다고 말할 수도 있다. 그러나 역자세를 제외한 다른 아사나 역시도 반다를 잡는 수련인데 이곳을 잡아버리면 배출이 힘들지 않을까?

이런 생각이 들면서 하루만 쉬는 게 아니라 출혈이 있는 기간은 통틀어서 다 쉬고 있다. 이 부분에 대해 오랜 시간 생각을 해봤다. '생리혈이 조금 나올 때는 해도 괜찮은 건가?'라고 말이다. 하지만 그마저도 노폐물이고 몸 안에서는 아직 나와야 할 게 있다는 말인데 쉬는 게 좋지 않을까? 개인적인 체험으로는 이틀을 쉬고 중간에 수련했을 때 역시 나와야 하는 것들이 한 번에 나오지 못하고 조금씩 더 오랫동안 나오는 경험을 가졌다.

모두가 다른 몸을 가졌기에 똑같은 기준을 제시할 수는

없겠지만 이 기간은 좀 더 차분함을 가져갈 수 있는 호흡 수련을 하면서 몸의 균형을 잡아가는 것이 좋다고 느꼈다. 그러고는 월경이 시작되기 전부터 몸의 변화를 감지하고 느껴본다. 실제로 이 기간에 식욕도 증가하고 감정이 불안정한 경우도 많았지만 자궁에 친절한 태도를 보인 이후로는 호르몬의 변화에 휩쓸리지 않게 됐다.

"오늘도 나는 몸의 기운을 그대로 받아들이며 살았나?"

잠들기 전 나에게 하는 질문이다. 일과를 돌아보며 몸의 기운을 느끼고 흐름에 맞춰 흘러가듯 살아간다는 것은 아직도 참 어려운 일이다. 다만 이 흐름을 거스를수록 내 몸이 더 아프고 마음이 고생할 수 있다는 사실을 알게 된 것만으로도 다행이라고 생각한다. 아득히 먼 길이지만 친절한 방법을 따라갈 수는 있으니까 말이다.

낯선 곳에서 요가 하며 한 달 살기

"우리 제주도에서 딱 한 달만 살다 오면 어떨까?"

이제 막 두 돌 지난 아들 조를 안고 남편에게 물어봤다. 그 시기 남편은 회사에서 나와 잠시 휴식기를 갖는 중이었다. 그래도 한 달은 무리라며, 말도 안 된다고 완강히 거부했다.

"뭐 하려고 그렇게 오래 있으려고 해. 그냥 딱 일주일만 있다 오자. 너무 길어. 안 돼."

마음은 더 길게 있고 싶었지만 나에게 한 달은 최소한으로 정한 기간이었다. 짧은 여행에서는 놀고먹고 돌아다니기 바빴다. 그래서 때로는 여행의 편안함보다는 몸과 마음이 들떠 있어 피곤하다고 느꼈던 적이 더 많았다.

하지만 한 달이란 시간은 비교적 마음의 여유를 가질 수 있다. 지금이 잠시 멈춤의 시간을 가져야 하는 적정기라고 판단했다. 기나긴 설득 끝에 시작한 장기여행은 아이가 일곱 살이 된 지금까지도 꾸준히 하고 있다. 여행을 갈 때마다 주제를 잡았던 건 아니었지만 주기적으로 가다 보니 서서히 큰 틀을 잡게 됐다. 요가와 명상 그리고 음식이었다. 말 그대로 우리만의 요가 리트릿Yoga Retreat이었다.

그렇게 시작된 첫 번째 제주여행은 잊지 못할 수많은 추억을 남겼다. 아이도 어렸고 가족이 함께 처음으로 떠나는 긴 여행이라 우여곡절도 있었지만 삶을 즐겁게 만들어갈 수 있는 방식에 대해 고찰할 수 있었던 시간이었다. 일을 쉬고 있는데도 쉬고 있지 못하는 남편에게 특히나 효과가 좋았다.

한여름 제주에서였다. 아이가 잠들어 있는 새벽 시간은 주로 5시 30분 타임 수련을 하러 요가원에 갔다. 낮 생활은 대부분 조에게 달려 있었다. 아이의 선택에 따라 정해졌다. 특별히 뭔가 해야 할 일들이 없다 보니 아이에게 먼저 물어보았다.

"조, 오늘은 산으로 갈까, 바다로 갈까?"

"오늘은 산 갈래!"

간단히 도시락을 챙겨 들고 근처 오름에 올라갔다. 제주에 머무는 동안 다양한 오름을 돌아다녔다. 아이와 함께 오름을 오르기는 쉽지만은 않았다. 조금 지칠 때쯤 아이는 업어 달라는 말을 했다. 계속 업어주면 엄마도 아빠도 지치게 되니 다 같이 잠시 쉬었다가 다시 천천히 올라가는 것을 택했다.

　힘들다고 말할 때는 잠깐 그 자리에 앉아 각자 에너지를 충전하는 시간을 가졌다. 그러고는 다시 갈 수 있다고 하면 일어나 출발했다. 정상에 도착해 바라보는 풍경에 종종 넋을 잃고 말았다. 자연이 주는 감사한 선물이었다.

　때론 오름을 올라가 풀밭에서 자유롭게 돌아다니며 풀을 뜯어 먹고 있는 소들도 구경하고, 그 주변에서 뛰어노는 조도 바라보며 챙겨간 돗자리에 앉아 여유로운 시간을 가졌다. 조가 달려와 배가 고프다고 하면 싸 온 도시락을 꺼내 먹었다.

　바다로 가는 날도 비슷한 패턴이었다. 바닷가의 모래사장에서 성을 쌓고 다시 물놀이를 반복하며 신나게 아이와 뛰어놀며 시간을 보냈다. 하루 마무리는 해 질 무렵의 노을이었다. 건물들이 높지 않아 어디서든 잘 보였다. 하늘을 바라보는 느낌이 좋았다. 조는 스케치북에 주로 그날 기억에 남았던 풍경을 그림으로 남겼다.

　집으로 돌아가는 길에는 장을 봐서 저녁을 준비했다. 처음엔 유명 맛집도 찾아가보고 외식도 이곳저곳에서 했지만, 막상 가보면 아쉬움이 남는 경우가 생기다 보니 누군가를 만나지 않는 이상 대부분은 집에서 간단히 해 먹었다. 그렇게 우리는 그곳 분위기에 적응하며 살아보았다. 첫 번째 제주의 긴 여행을 끝내고 돌아가는 길에 조는 떠나기 싫다며 울었고, 남편도 아쉬움을 표현했다.

"이렇게 삶을 살아갈 수도 있는 거구나!"

남편이 한 말이었다. 잠시 세상 밖으로 나와 자신을 돌아보는 느낌이라고 했다. 맞다. 나 역시 그 느낌에 공감했다. '하늘 구경을 언제 마지막으로 했더라?' 주변도 살피며 쉼을 챙길 시간이 별로 없었다는 것을 깨닫는 시간이었다. 막상 해야 할 일은 별로 없는 것 같으면서도 늘 일에 치여 살고 있었다. 안에 빠져 있을 때는 보이지 않던 것들이 밖으로 나와 보니 더욱 명확해진 느낌이었다.

그때부터 우리는 정기적으로 장기여행을 떠났다. 여섯 번째 제주에 가족들이 적응했을 무렵 나는 다시 새로운 곳을 제안했다. 이번엔 국내에서 해외로, 발리로 가보자고 했다. 특별히 발리를 선택하게 된 이유는 요가, 사람들, 음식이 잘 어우러져 있는 곳이기 때문이었다. 그러나 남편은 다시 걱정하기 시작했다. 우리는 참 반대되는 성향을 갖고 있다.

"이거 어때? 하자!"라고 제안을 하는 쪽은 언제나 나였고, 남편은 "잠깐만!"이라며 나를 잡아주는 역할을 하곤 했다. 처음부터 "그래, 하자!" 해주면 더할 나위 없이 좋겠지만 남편의 이러한 태도는 막무가내로 적극적이기만 한 나에게 한 번씩 브레이크를 걸어 생각을 정리할 수 있는 시간을 주기도 했다.

고민을 끝내고 다시 가자고 제안했다. 포기란 없었다. 낯선 땅에서 적응할 우리의 모습도 기대가 됐고, 그곳에 사는 사람들에 대한 호기심도 가득했다. 발생 가능한 불편한 상황들에 대해서는 어느 정도 예상만 하고 그에 따른 준비만 간단히 해가면 되는 것이었다.

'아이가 아프면? 다치기라도 하면? 괜히 고생만 하고 오는 거 아냐?'라는 남편의 질문에 일일이 대답해줄 수는 없었다. 왜? 나도 앞날을 모르기 때문이었다. 다만 확실한 건 우리 중 누구보다 아이가 가장 빠르게 적응할 거라는 것이었다. 일어나지도 않은 일에 대한 두려움 때문에 밖으로 나가보지도 않는 이유쯤은 나를 이해시키지 못했다. 남편의 만류에 그냥 조만 데리고 갔다 올까 고민하다 며칠 동안 남편을 다시 부드럽게 설득했다.

결국 남편이 넘어왔다. 전부 알아서 준비하라는 조건도 붙었다. 기뻤다. 이 설레는 준비 작업을 아무 간섭 없이 나 혼자 다 하라니 말이다. 사실 딱 정해진 계획은 없었다. 늘 그렇듯 우선 숙소만 점 찍어 두고 도착해서 하루하루를 뭘 하고 지낼지에 대해 그때그때 정하는 게 계획이었다. 아마 아이가 없었으면 숙소도 안 알아봤을 거다.

발리에서는 번화한 곳보다 조용한 시골 마을 쪽으로 마음이 갔고, 그러다 보니 일단 우붓이 끌렸다. 그 안에서도 더욱 깊숙한 곳으로 들어가고 싶었다. 다만 동행인의 의견도 존중해야 했기에 절충안으로 관광객은 물론 현지인조차도 드문 한적한 시골 마을로 자리를 잡았다. 인적이 드물고 조용한 곳이어서 마음에 들었다.

우리가 머물던 곳은 제주와 같이 일반 가정집이었다. 호텔보다 가정집을 선호하는 이유는 주방을 독차지할 수 있기 때문이다. 음식은 우리에게 중요한 부분이었고, 기간이 길다 보니 숙소비를 과하게 지출하는 것도 아까웠다.

　밖에서 오랫동안 머무는 날은 맛있는 점심을 사 먹었고, 대부분의 저녁 식사는 장을 봐와서 요리를 해 먹었다. 대부분 음식 재료는 이곳에서 자라는 것들로 사서 요리했다. 이곳 사람들이 무엇을 먹고 어떠한 마음으로 살아가는지도 또 하나의 관심사였다.

　다만 문제는 교통이었다. 우리가 사는 동네는 승용차가 들어오지 못했다. 밀어부치기식 계획은 이럴 때 휘청거린다. 시내와는 거리가 있기에 장을 볼 때는 오토바이를 타고 나가는 방법밖에는 없었다. 남편은 반대했다. 조를 데리고 오토바이를 탈 수는 없다는 것이었다.

　나는 종종 아침 시간에 요가 수업에 참석하기 위해 오토바이를 탔는데, 위험하다는 생각이 들지 않았다. 이곳에 사는 많은 사람들의 교통수단이었고, 속도가 빠르지도 않았다. 기 싸움을 하다 내가 물러났다. 조도 타고 싶지 않다고 했기 때문이다.

　나중에 물어보니 아빠가 저건 무서운 거라고 일러줬다고 한다. 할 말이 없었다. 시내로 나오는 날은 어쩔 수 없이

걸었다. 왕복 2시간 거리를 아이의 걸음에 맞춰 3시간 넘게 걸어 다니다 보니 아이도 힘들어했다. 어른인 우리도 다리가 아팠다. 업어주기엔 아직도 갈 길이 멀어 역시나 자주 쉬어 갔다.

"조금만 더 가면 코코넛 아이스크림이 있어. 할 수 있어!"

중간에 멈춰 땀도 식힐 겸 아이스크림도 먹고, 논도 감상하고, 길거리에 앉아 사람 구경도 했다. 정해진 계획도 없었고, 재촉하는 사람도 없었다. 스쳐 갔던 카페들도 기억에 남는다. 초록과 파랑의 풍경에 자리 잡은 나무집들이었다. 빠르게 지나갔다면 발견하지 못했을 것들이었다.

가끔 시내로 나오는 날은 한 타임 정도 요가와 명상을 하는 시간도 가졌다. 길목마다 요가원과 명상센터가 있었고 클래스도 다양했을 뿐 아니라, 세계 각국의 요가 선생님들이 모여 함께 수련할 수 있는 공간도 많았다. 발 길이 닿는 곳에 들어갔다. 숲속에서 요가 하는 기분이었다. 자연을 그대로 보전하며 숲속에 수련장만 통째로 이동한 듯했다. 창들은 매우 컸고 거의 다 열어놓아서 오고가는 새들과 도마뱀도 실컷 볼 수 있었다. 그곳에서 새로운 프로그램도 접해

보고 다양한 사람들도 사귀면서 잠시 혼자만의 시간도 가졌다. 동행인들의 배려 덕분이었다.

그래도 발리에서 가장 기억에 남는 공간은 마음 편안하게 오래 머물렀던 집안 한 평짜리 테라스였다. 오랜 기간 머물렀던 우붓 집 2층에는 창문 밖으로 나가 앉아 있을 수 있는 공간이 있었다. 새벽 공기를 마시며 매일같이 그 공간에서 가만히 앉아 마음 휴식시간을 가졌다.

눈이 부시는 느낌이 들어 눈을 뜨면 일출이 시작되곤 했다. 고요한 마음으로 해가 떠오르는 것을 감상했다. 새소리와 바람 소리 외에는 아무것도 들리지 않았다. 그러다 아침이 되어 창문을 두드리며 잠에서 깨어난 아이가 들어오면 나란히 앉아 바깥 구경을 하기도 했다. 아침 풍경은 계단식 논밭과 그 사이를 지나다니는 잠에서 깨어난 오리 떼들, 그리고 멀리 보이는 울창한 숲과 구름이었다.

이곳의 밤 풍경은 또 색달랐다. 모든 빛이 꺼진 깜깜한 공간에서 수많은 반딧불과 까만 하늘에 떠 있는 별들을 보았다. 길가의 가로등과 집들의 조명등이 꺼져 있어서 더 선명했다. 마치 별이 금방 떨어질 것 같았다. 하늘과 가깝게 머물러 있는 것 같은 그 느낌은 아직도 잊혀지지 않는다.

　발리에서도 특별히 계획된 일들이 없었기에 대부분의 하루 일정은 여섯 살 아이에게 맡겼다. 우리가 어디를 가는지, 무엇을 하는지는 지금의 여행 목적에서는 크게 중요하지 않았기 때문이다. 그 순간을 어떠한 마음가짐으로 머물러 있는지가 중요했다. 가고 싶은 길을 원하는 대로 갈 수 있도록 존중해 주었다.

　아이의 일상은 언제 어디서든 똑같았다. '놀기'였다. 우붓에서는 숲으로 나가 놀았고, 사누르에서는 바다로 나가 온몸이 새까맣게 타도록 놀았다. 햇볕에 피부가 타는 걱정은 뒤로하고 코코넛 오일만 얼굴에 잔뜩 바른 채 자연에 몸을 맡기면서 말이다. 아이는 그 시간을 좋아했다. 어쩌면 어른들이 더 좋아했는지도 모르겠다. 그리고 우리는 다 같이 까맣게 탔다. 가끔 주변에서는 말한다.

　"조는 좋겠다! 그런데 그렇게 어렸을 때 돌아다녔던 걸 커서도 기억할까?"

　기억을 못 한다 해도 상관은 없었다. 여행에서 머무는 동안 아이가 즐거움을 느끼고 있다면 그걸로 충분했다. 이 여행은 아이보다는 어른을 위한 것이었다. 잠시 내가 있는 자리에서 밖으로 나와 멀리서 나를 바라보는 시간이었다. 풍요로운 생활 속에서도 괴로움을 더 많이 느끼고, 자유로운 몸을 가졌음에도 종종 자신의 틀에 갇혀 버린 나를 깨워 주기 위해 말이다. 아이는 이미 작은 것에도 큰 만족을 갖고 살아간다. 현재를 즐기며 아주 잘 살아가는 중이다. 여행에 함께 해줘서 고마울 따름이다. 아이를 무릎에 재우며 발리에서 돌아오는 비행기 안에서 남편은 말했다.

"앞으로 얼마나 더 조와 이런 여행을 할 수 있을까? 이제 우리와 안 논다고 말하는 모습을 상상하니 벌써 슬프다. 시간 참 빠르네."

"맞아. 쟤는 금방 친구들하고 논다고 할 거 같아. 곧 우리만 다녀오라고 하겠지? 근데 나는 그날도 기다려져!"

다음 목직지가 어디가 될지는 아직 모르겠다. 그러나 한 번도 발이 닿아보지 않은 곳으로 가는 건 확실하다. 이번엔 남편도 동의했다.

경쟁력 있는 요가 선생님이 되기 위해

'요가는 정해진 범주 안에서 어떻게 해야 한다.'라는 고정 관념을 내려놓은 건 요가센터 외의 현장 수업을 경험하면 서부터였다. 비교적 온화한 분위기였던 요가센터와 다르게 외부의 요가수업들은 꽤 전투적이었다.

"선생님, 조금만 세게 해주세요. 뱃살 빼야 해요."

피트니스 센터에서 일하며 회원들의 정확한 요구조건에 당황한 적이 있었다. '요가는 살 빼기 위해서 하는 게 아닌데. 그렇게 하면 안 되는데.'라는 생각이 들었다. 하지만 그곳에서는 조용한 분위기를 조성하기보다는 모두 열정 넘치게 다이어트를 하고 근육을 단련할 수 있는 요가수업 프로그램들이 많았고, G.X룸의 안과 밖이 모두 활기가 넘쳤다.

초반에는 적지 않은 스트레스를 받았다. 불쑥 문을 열고 수업 중에 들어오고 나가는 회원, 밖에서 들리는 쿵쿵거리는 큰 음악 소리, 갑자기 울리는 휴대전화 벨 소리 등을 접할 때면 불편한 마음이 올라왔다. 게다가 회원들은 힐링 요가에서도 복부 운동을 강하게 해주길 바랐다.

요가수업은 잔잔한 음악에 호흡도 들여다보고 움직임도 천천히 이어가야 하는데, 주어진 환경 조건들이 이를 방해

한다고 생각했다. 그러나 스트레스를 받으면서까지 일부러 그런 분위기를 만들어갈 필요는 없겠다고 생각을 바꿔보았다. 나만 적응을 하면 되는 거였다. 조금씩 계획했던 것들을 내려놓고 그 안의 분위기를 따라가 봤다. 확실히 조금씩 움직임의 강도를 높게 할수록 회원들의 만족도가 높았다.

땀에 흠뻑 젖어 웃으며 룸을 나가는 회원들이 많아지는 수업을 거듭할수록 수련실은 새로운 사람들로 꽉꽉 채워졌다. 회원들의 요구조건에 따라 '신나게 땀 흘리기'에 맞춰갔다. 생각해보면 그때 당시 나는 다른 강사들과 출석률 경쟁을 했던 것 같다. 실제로 많은 센터에서 그런 식으로 유도를 한다. 출석률이 가장 좋은 수업의 선생님을 이달의 MVP로 선정하는 방식으로 말이다.

몇 차례 보너스 맛을 보고 나니 더 치열하게 경쟁이 되었다. 그렇지만 기쁨은 잠시였을 뿐 집으로 돌아갈 때면 공허함만 느껴졌다. 수업량이 점점 많아지면서 혼자서 요가수련을 하는 시간도 줄어들었고, 수업을 통해 느껴지는 성취감도 떨어지고 있었다.

'첫 느낌의 요가는 이게 아니었는데, 이걸 알려주고 싶었던 게 아니었는데' 무늬만 요가 선생님이 되어 버린 기분이었다. 취미로 요가를 했을 때는 참 행복하다고 느꼈는데, 일이 되어버려서 그런 건가라는 생각도 들었다. 요가를 직업으로 갖는 것에 대한 회의감이 느껴졌다.

이렇게 사는 건 결국 열심히 일에만 몰두하며 회사에 다니던 생활과 별반 다를 게 없었다. 분명 이러려고 회사를 그만둔 건 아니었기 때문이다. 다시 처음으로 돌아가 봤다. 분명 그 안에는 편안함이 있었다. 나를 위로해주었던 무언가가 있었다. 하지만 다시 바쁘게 일에 푹 빠져 살다 보니 그 페이스를 놓치고 말았다.

출발선에 섰을 때는 두근거리는 마음과 함께 나도 진짜 요가를 하고, 다른 사람들에게도 좋은 요가를 알려주고 싶은 마음이 있었다. 몸과 마음의 치유를 느끼고 푹 빠지게 되어 좋아하던 요가였는데, 이 안에서 슬럼프가 찾아온 이유는 무엇일까? 진짜 좋아하는 일을 직업으로 삼았기 때문일까?

답은 이미 알고 있었다. 수업 방식이 문제가 아니었다. 장소가 문제가 아니었다. 문제는 나의 마음가짐과 매트 밖에

82

서의 요가 시간이었다. 요가를 응용할 수도 있고, 요가원이 아닌 다른 곳에서 요가를 모르는 사람들에게도 재미있게 가르칠 수도 있다. 하지만 내가 좋아하는 일을 즐기는 마음으로 임하기 위해서는 개인 수련, 마음공부, 몸 공부 등을 할 수 있는 별도의 시간을 갖는 것이 중요했다.

그때 나는 내 안에서 좋은 에너지를 만들기 위해 따로 시간을 투자하지 않았다. 할 게 많다는 생각에 부담만 갖고 결국 아무것도 안 해 버린 것이다. 그러고는 회원들의 요구에만 따라 움직이는 에너지 없는 요가수업만 가르쳤다.

돌이켜보면 제일 어리석은 선택이었다. 노력 없이 얻어지는 것은 없다는 걸 알면서도 마음만 불안할 뿐 발전을 멈춰버린 요가 강사의 길을 걸어가고 있었다. 요가를 가르치는 것을 통해 느껴지는 뿌듯함, 즐거움을 한동안 잊고 살았다. 그걸 다시 찾기 위해서는 노력이 필요했다. 그 느낌을 찾기 위해 요가수련에도 다시 제대로 정진해야 했고, 누군가를 가르치기 위해서는 몸과 마음에 대한 바른 지식을 쌓아가는 공부도 중요했다.

배움은 인간이 누릴 수 있는 최고의 행복이라는 말이 떠올랐다. '나는 과연 배움을 즐기고 있었나?' 배움을 억지로 이어가고 있다는 느낌을 받았다. 수련 역시 무슨 일이 있어도 꼭 해야 하는 과제처럼 의무감으로 했던 것이다.

힘들면 힘들수록 더 열심히 해야 한다는 생각으로 무게를 더 실었고 그 끝은 보이지 않았다. 결국 몸이 따라주지 않자 즐거움으로 움직이는 날의 횟수는 많지 않았다. 그러다 마지막에는 다 포기해버렸다.

다시 초심으로 돌아가 배우는 것을 즐기는 태도를 가져보기로 했다. 의무감으로 배우는 것은 흡수율도 좋지 않다는 것을 알고 난 후로는 좀 더 신중하자고 마음먹었다. 왜 이게 배우고 싶은지에 대해서도 꼼꼼하게 따져보았다. 그러기 위해서는 휴식도 중요했다. 쉬다 보면 무언가 배우고 알아가고 싶은 관심사들이 수면 위로 떠올랐기 때문이다.

기분 좋은 느낌이었다. 남들이 하니까 조급한 마음에 따라서 배우는 것 말고 진짜 내가 호기심을 갖고 공부하고 싶은 것이 자연스레 보였다. 그렇게 접근한 배움은 즐거움과 만족감을 모두 갖추고 있었다. 호기심의 대상은 몸과 마음 모두에 있었지만 우선 몸을 여는 게 좀 더 쉽다는 것을 회원들의 모습을 통해서도 알게 되었다.

'이건 요가가 아니야.'라는 선을 지우는 작업도 해나갔다. 치유에 관련된 다양한 분야를 공부하며 우선 머리로 받아들이고 다시 내가 생각하는 방향을 떠올려보았다. 그러면서 내 몸에도 적용해 수련의 감각을 느껴보고 회원들에게도 그 느낌을 살려 수업에 적용해갔다.

요가를 더욱 즐겁게 이어갈 수 있는 나만의 마법 주머니를 만들었다. 그 안에 구슬을 하나씩 담기 시작했다. 몸에 대한 해부학 구슬, 마사지 구슬, 아로마 구슬, 수기치유 구슬, 영양 구슬, 명상 구슬 등을 말이다.

그리고 회원들을 만날 때면 대상에 따라 그 구슬들을 사용했다. 모두 똑같은 순서로 던지지 않았다. 지금 내 앞에 있는 사람에게는 어떤 구슬이 필요할지를 깊이 생각하며 접근했다. 마법 주머니를 통해 요가를 좀 더 즐기면서 할 수 있도록 안내자 역할을 하며 맞춤형 수련법을 제안할 수 있게 되었다.

몸이 좋지 않아 요가를 찾아온 회원에게는 우선 통증부터 잡아줄 수 있도록 도움을 주었고, 다이어트를 원하는 회원에게는 다이어트에 도움이 되는 다양한 동작을 적용해 땀을 쏙 빼며 재미를 담아 수련하게 했다. 그러다 조금씩 흥미를 느끼면 아사나를 오랫동안 머물게도 유도해 보고, 끝나고 나서는 근육이 긴장하지 않도록 폼 롤러 또는 마사지를 이용해서 몸을 다시 풀어주었다.

때론 요가 인사법이 불편한 분이 있으면 나마스테^{Namaste}, 옴 찬팅^{Om Chanting}도 생략했다. 조금씩 마음이 열린다 싶으면 그때부터 이완에 도움이 되는 아로마 또는 향도 피우고, 잔잔한 음악을 들려드리며 차분히 앉아서 명상할 수 있는 시간도 늘려갔다. 마음이 더 열리면 만트라^{Mantra}도 함께 해보고, 요가 경전의 삶에 도움이 되는 글을 수련이 끝난 후 휴식시간 동안 읽어 드리기도 했다.

준비한 모든 것을 전달할 필요는 없었다. 그건 때론 상대방에게 부담이 되었기 때문이다. 그러나 내가 이끌어가고 싶은 방향성은 놓치지 않았다. 요가 선생님의 역할 중 가장 중요한 것은 회원이 받아들일 수 있는 만큼 요가를 전달해 주며 함께 즐거운 리듬을 타는 것이다. 다양한 분야의 사람들을 요가의 세세로 인도하기 위해 아사나의 교정을 도와줄 수 있는 핸즈 온^{Hands On}에 정성을 쏟았고, 같이 땀을 흘리며 호흡과 에너지를 나누었다. 이러한 방식은 정말 효과가 있었다.

나의 꽉 막힌 사고를 풀어내는 데 조금은 노력이 필요했지만 나 역시 그 안에서 좋은 기운을 담아갔다. 그 공간 안에서 느껴지는 사랑의 에너지를 마음으로 전달받았기 때문이다.

주변을 살펴보면 요가 선생님들은 저마다의 사연을 갖고 요가를 시작하게 된 경우가 많다. 요가를 통한 치유를 경험하며 요가의 세계로 들어오는 경우였다. 어쩌면 요가 세계에 오래 머무는 사람들일수록 그 치유력이 잊히지 않을 만큼 높을지도 모르겠다. 나도 마찬가지였다. 치유 받았던 기억과 직접 경험했던 요가를 회원들에게 전부 알려주고 싶어 안달이 났던 거였다. 그래서 수업 준비도 열심히 했는데 이에 관한 관심을 받지 못하니 실망하게 되고, 의욕도 서서히 떨어졌다.

그러나 누구나 느끼고 받아들이는 점은 다르다. 신나는 요가를 하고 싶은 회원에게 강사가 계속 움직이지 말라고 하니 거부감이 생기는 것은 당연했다. 하나만 가져가고 싶은 사람에게 열을 던지는 건 엄청난 부담이었을 것이다. 내가 전하고 싶은 메시지를 상대방에게 잘 전달하려면, 우선 회원에게 지금 필요한 것을 충족시켜준 다음 알려주는 것도 필요하다는 것을 느꼈다. 이해하고 한 발짝 물러서기 연습을 하니 어깨의 긴장도 내려가고 수업에서도 힘을 뺄 수 있었다.

또한 수련 공간의 흐름이 보였다. 지금 회원들의 마음 상태가 어떠한지, 분위기가 어떻게 흘러가고 있는지를 말이다. 내가 여유를 갖고 배우고자 했던 것처럼 회원들에게도 같이 적용했다. 무엇보다 잘 흡수하고 있는지를 살펴보는 게 중요했다.

"요가 수업 할 곳이 없어요. 집에서 너무 멀어요. 한 타임 하러 한 시간을 다녀와야 해요."

요즘에는 요가 시장이 정말 포화 상태라는 것을 현실로 체감하고 있다. 역 주변에는 요가원이 즐비하게 들어서 있고, 요가지도자 자격증을 단기간에 취득할 수 있도록 하는 곳도 많아졌다. 강사기 많아지고 요가에 관심도가 높아진

건 물론 좋은 일이지만 그만큼 일자리의 경쟁은 높아졌고, 회원들의 만족도는 떨어지고 있다. 그 결과 선생님들의 복지 또한 열악해졌다.

대부분 프리랜서로 활동하기에 자유롭게 움직일 수 있다는 좋은 점도 있지만 혼자라 불안하고, 불이익을 당할 때 대처할 방법을 찾는 것도 쉽지 않다. 게다가 적극적인 자세가 아니라면 외부에서 일자리를 찾는 것 또한 어려울 수 있다. 그럴수록 자신만의 노하우로 능력을 키워 경쟁력을 길러야 한다.

자신의 수업에 대한 자신감만 있다면 요가원 밖의 공간, 내가 수업을 가르치고 싶은 곳에 가서 직접 제안을 할 수도 있다. 이는 결국 요가원 외에 매트를 깔 수 있는 모든 공간에서도 요가를 가르칠 수 있다는 것을 의미한다. 병원, 문화센터, 복지관은 물론이고 카페, 스터디 공간, 은행, 초•중•고등학교, 대학교, 야외공원 등에서도 할 수 있다.

누구든 요가를 가르치고 싶은 마음만 있으면 사람들을 모아 공간을 대여해서도 충분히 수업을 할 수 있다. 경험이 부족해서 불러주는 곳이 없다면 밖으로 나가 사람들을 모아서 경험을 쌓으면 되고, 수업에 대한 자신감이 부족하다면 마법의 주머니를 장착해 차고 다니면 된다. 나는 이 구슬들을 활용하여 현재는 요가를 접해본 적 없는 이들에게 요가를 알리고 있다. 요양원, 템플스테이, 미혼모 센터, 장애인 복지관, 학교 등 새로운 곳을 찾아다니며 사람들과의 만남을 즐기는 중이다.

　코로나19가 장기화되면서 사람 사이의 거리 두기는 당연한 일이 되었고, 외로움과 불안감은 더욱 높아졌다. 사람들 사이에 소통 또한 현저히 줄어들었다. 비록 예상보다 조금 더 일찍 이런 시대가 찾아왔지만, 내가 갖고 있는 도구들을 적절히 활용하여 보다 많은 사람들이 삶에서 만난 어려움들을 지혜롭게 풀어나갈 수 있도록 도움을 주고 싶다.

요가 강사지만, 건강하진 않아요

내 직업은 요가 강사다. 나를 찾아오는 사람들에게 힐링을 전달해 주는 힐러 역할을 하고 있다. 하지만 지난날의 나는 정작 내 힐링은 잘 챙기지 못했다. 그 시작은 아이를 낳고 5개월이 지난 후였다. 아토피가 생겼고, 긴 시간 버려뒀던 크고 작은 다른 질환들까지도 몰아서 한꺼번에 찾아왔다.

그때는 한창 육아를 하던 중이었다. 그것만으로도 몸과 마음이 쉴 틈이 없었는데, 매일 피부를 긁으며 밤을 지새우다 보니 심적으로도 지치고 괴로웠다. 아토피는 현재까지도 원인을 알 수 없는 자가면역질환이다. 치료방법 또한 불분명하다. 사람마다 치료 방식이 다르기에 정신을 차리지 않으면 계속 이곳, 저곳 휩쓸릴 수밖에 없는 노릇이었다.

내가 그랬다. 한약이 좋다길래 아토피 전문 한의원에서 고가의 한약도 복용해보고, 대학병원에 찾아가 피부 회복을 위한 치료들도 받았다. 양방, 한방, 민간요법까지 저마다 소문난 요법들을 몸에 적용했지만 큰 차도는 없었다. 시간이 흐르면서 몸이 많이 지쳤다. 또다시 무언가를 시도해봐야 하는데 실천할 힘도 부족했다.

"어머, 요가 선생님인데 아토피가 있어요?"

"요가 선생님들은 다 건강한 줄 알았어요."

가끔씩 회원들로부터 이러한 말을 들을 때는 불편한 마음이 불쑥 올라왔다. 그러다 가도 문득 드는 생각은 '그냥 담아두지 않고 흘려보내면 되는데 나는 왜 그 말들을 굳이 가슴에 담아둘까.'였다.

그러는 사이 몸은 점점 악화되고 있었다. 자주 긁다 보니 상처가 많이 생겼다. 주로 목, 팔꿈치 안쪽, 무릎 뒤, 그리고 눈 주변이었다. 한 번씩 부종이 심하게 찾아올 때면 눈도 뜨기 어려울 정도였다. 환부에 피가 나고 상처가 끊이질 않아 수업 중에는 머플러로 가리곤 했다. 요가복도 팔다리를 가려주는 것만 입었으며, 요가원에 조명도 밝게 하지 않았다. 그렇게 나의 아픔은 가려 둔 채 회원들에게 좋은 이야기를 전달하는 이상적인 선생님의 모습을 만들고자 노력했다.

그럴수록 한쪽으로는 요가수련에도 집착했다. 그때 내 몸은 면역력도 떨어지고 에너지도 부족해 쉼이 필요했다. 하지만 가만히 나를 바라보는 게 힘들어 쉴 새 없이 움직이고 괴롭혔다. 수련하면 다 좋아질 거라는 안일한 생각에만 빠져 있었다. 그 시간은 몸의 소리를 무시하며 나에게 친절하지 못했던 시간이었다. 분명 안에서는 제발 좀 쉬라고 소리치고 있지 않았을까?

　요가수련을 마치고 흐르는 땀을 바라보며 '아 오늘도 수련했다. 시원하다.'라는 생각으로 지친 마음을 뿌듯함으로 포장했다. 그러나 수련을 마치고 나서는 원래의 무기력한 나로 돌아왔다. 그 당시 요가는 단지 몸과 마음의 상처, 분노, 화, 우울증 등을 일시적으로 잠재워 주는 역할을 할 뿐이었다.

　한창 수련 중에 흐르는 땀은 내 목을 괴롭혔다. 몸에 쌓여 있던 노폐물이 많아서 땀의 질도 좋지 못해 목에 닿을 때 느껴지는 가려움이 견디기 힘들었다. 찬물에 적신 작은 수건을 3~4개를 옆에 두고 수련을 시작했다. 열기가 올라오면 수건으로 달래 주었고 가려움이 찾아오면 잠시 멈추거나 밖에 나가 찬 공기를 쐬고 들어와 다시 이어갔다. 그러고는 더욱 빠르게 움직였고 호흡도 거칠게 해버리며 그때 상황을 잊어버리려고 노력했다.

　그러던 어느 날 수련을 하다 주저앉아 버렸다. 터져버린 눈물이 멈추질 않았다. 많은 사람들이 있는 공간이었기에 고개를 푹 숙인 전굴 자세를 하며 흐느꼈다. 가려움증 때문에 수련의 흐름이 계속 끊겨 올라오는 속상함도 있었지만, 그날은 유독 내 몸뚱이가 몹시 측은해 보였다. 감정이 몰아치듯 밀려왔다. 눈물을 멈추기 힘든 날이었다. 스스로에게 물었다. '넌 도대체 뭘 이루기 위해 이렇게 노력하고 있는 거야?' 그동안 내 몸을 돌보지 못한 벌을 받는 기분이었다. '나는 진심으로 나를 사랑해주고 있는 걸까? 속 안에서는 불이 나고 아픔을 토해내고 있는데 왜 나는 제대로 나를 받아 주질 않는 걸까? 회원들에게 강조하는 나와 진짜 나의 친절한 관계를 위해 과연 잘하고 있는 걸까?'

'행복한 사람' '건강한 사람'이란 타이틀에 집착하고 있는 나를 발견했다. 나는 그동안 그렇게 되기 위해 노력하는 사람이었다. 애쓰며 허우적거리는 모습이 안타까웠다. '나는 지금 아프면 안 되는 사람이야'라는 생각이 나를 더 힘들게 했다. 이제는 아픔을 인정하고 바라봐야 하는 시간이라는 것을 직감했다. "지금의 나를 따뜻하게 안아주고 사랑하세요."라며 회원들에게 말했던 것을 이제는 내가 진심을 다해 실천해야 했다. 감정을 전부 토해낼 수 있도록 다독여주었다. 그 후 며칠 동안은 매트에서 땀보다 눈물을 더 많이 쏟아 냈다. 내 몸에 미안해서 흘린 눈물이었다.

우선 솔직해지기로 했다. 내가 나를 받아들이고 아픔을 바라보기로 마음먹었다. 환부를 가리던 머플러도 풀고, 순환이 안 되는 몸을 위해 통풍이 잘 되는 요가복을 입었다. 회원들과 얼굴도 마주 바라볼 수 있도록 불빛도 환하게 바꿔 나갔다. 그러고는 근본적인 치유로 돌아가서 나의 상황을 바라봤다. 나는 지금 어떤 요가를 어떻게 하고 있으며, 무엇을 먹고, 무슨 생각을 하며 살아가고 있는지를 말이다.

하나씩 몸의 내면을 관찰했다. 오랫동안 길들여진 잘못된 습관들을 변화시키는 일은 결코 쉽지 않았다. 힘들었지만 아토피를 동반한 불면증, 우울증, 역류성 식도염, 소화장애, 저혈당 증세 등 내 몸에 가진 불편함을 모조리 해소하고 싶었다.

근본적인 치료를 위해 세 가지로 나누어 관찰했다. 첫째로 영양을 살펴보았다. 영양은 결국 우리 몸의 장과 깊은 연관이 있다. 아토피의 신체적인 원인은 결국 장이기 때문이다. 내 몸은 흡수하는 능력이 현저히 떨어져 있었다. 아무리

좋은 것을 먹어도 받아들이지 못했다. 먹는 음식에 따라 가려움증이 극심하게 찾아오기도 한다는 것을 알게 되었다. 외부에서 안으로 들어오는 것을 철저히 살펴보았고, 안에서 흡수하고 배설하는 기능을 관찰했다. 변을 관찰하는 것 또한 매우 중요했다. 밀가루, 설탕, 인스턴트, 가공식품 등 알레르기를 쉽게 일으키는 음식들은 최대한 배제해 갔다.

두 번째는 구조적인 문제였다. 우리 몸의 대들보 역할을 하는 척추를 바른 자세와 근육들로 세움으로써 오장육부를 포함하여 장기 기능들에 좋은 영향을 줄 수 있다. 회원들에게 매일 같이 전했던 말임에도 다시 바라보니 일상에서 나 또한 놓치는 경우가 허다했다. 매트 위 수련으로 척추의 감각을 깨어 내기에만 급급했지 밖에서는 그렇지 않다는 것을 알게 되었다. 정신을 차리고 일상에서의 몸도 돌보며 구부정한 자세를 바로잡아갔다.

또한 내장기관의 기능이 현저히 떨어진다는 것을 알고 난 후로는 수련 역시 장기들을 깊게 비틀어주는 동작, 복압을 상승시키는 동작 등에 초점을 맞춰갔다. 복부 근육을 단련하는 동작을 통해 내장기관을 자극할 수 있었다. 이는 장벽에 눌어붙어 있던 노폐물을 떨구어 낼 수 있게 도움을 주었다. 변비, 가스, 복부 팽만 등은 고질적인 문제라고 생각했지만, 이 또한 식습관에서 온 영향이었고 좋은 변화를 보이기 시작했다.

　마지막 세 번째는 마음이었다. 불편한 증상이 찾아올 때마다 쉽게 무너지고 우울감에 빠지다 보니 몸의 회복 또한 더딜 수밖에 없었다. 간지러움과 우울증이 찾아와도 받아들이고자 했다. '당연히 아플 수도 있지. 뭘 그리 심각하게 받아들여. 어? 오늘은 우울증도 나왔네. 괜찮아. 환영할게.'라며 있는 그대로 느껴보는 연습을 했다. 몸보다 마음의 통증을 받아들이는 일이 조금 더 서툴렀다.

　'나는 어떠한 사람이다.'라고 스스로 규정한 역할에서도 벗어날 필요가 있었다. 눈으로 쉽게 볼 수 없는 부분이기에 더욱 섬세하게 관찰해야 했다. 부정적으로 생각되는 것들 역시 그대로 받아들일 수 있을 때 벗어날 수 있다는 사실을 몸소 깨닫게 됐다.

　마음을 열고 내 몸을 실험대상으로 바라보고 기록을 남겼다. 섭취하는 것, 감정의 변화에 대해 관찰을 했다. 변화를 적극적으로 고찰할 수 있는 자세를 갖기 위해 에너지가 고갈되어 무기력해진 나를 다독여줬다. 무기력은 정말 큰 방해꾼이기 때문이었다.

　몸과 마음의 진짜 주인이 되어 건강한 삶을 얻고 배운 것이 있다. 바로 '스스로 깨우쳐야 건강을 지킬 수 있다.'는 것이다. 다른 사람의 경험이나 지식을 무조건 따르는 것이 아니라 직접 확인하고 배워가는 방식이었다. 머리로만 접근하고 결론을 짓기보다 몸으로 직접 체험하고 깨우쳤을 때 이해도 빠르고 좋은 결과도 만들어낼 수 있었다.

　드디어 몸에서 건강함이 생기기 시작했다. 무기력한 일상에 생기가 돌기 시작했다. 먹는 일도, 즐거움을 느끼는 것도, 사람들을 만나는 일 등 모든 것이 조금씩 제자리를 찾아갔다. 내제되어 있던 질환들도 대부분 치유되어 현재는 예전보다 잠도 잘 자고, 소화도 잘 되며, 활력이 넘치는 삶을 살아가고 있다. 무엇보다 누웠을 때 금방 잠이 드는 것에 감사한다.

　물론 완벽하게 치유된 것은 아니다. 현재도 가리는 음식들이 있으며 가끔 불편함이 생기기도 한다. 하지만 예전처럼 이러한 증상들 때문에 좌절하거나 무너지진 않는다. 통증이 느껴진다는 것은 내가 살아 있다는 증거다. 올라오는 증상들에 감정을 입혀 마음을 괴롭힐 이유는 없다. 문제는 아픈 곳이 아니라 '아프다'라는 것을 부정적으로 바라보는 나의 태도였다. 과연 365일 몸도 마음도 아프지 않고 늘 행복하게 살아가는 사람이 있을까? 만약 있다고 해도 마음공부를 하기 위한 최상의 조건은 아닐 것이다. 아픔이 찾아오는 시간은 내면의 세계로 들어갈 소중한 기회다.

현재는 가장 기본적인 것들에 유의하며 내면의 삶 역시 균형이 잡히도록 조화를 맞춰 보려고 한다. 몸은 단지 인간의 일부분일 뿐이라고 요가에서는 말한다. 마음과 영혼 모두를 육체의 건강과 더불어 중요하게 바라본다. 나에겐 진정한 치유를 위해서는 내면을 다스리는 것도 중요했다. 앞으로도 몸, 마음, 영혼 모두에게 진심이 담긴 사랑과 관심을 주며 살아가고 싶다.

남편도 요가를 합니다

요가 하기 참 잘했다고 생각한 것 중의 하나는 남편의 요가 수련이다. 남편이 요가를 본격적으로 시작한 것은 우리가 만난 지 7년째에 접어들었을 무렵이다. 연애 때부터 설득했지만 넘어오지 않았다. 아주 가끔 내가 수련하러 가는 곳에 따라오는 정도였다. 하지만 지금은 오히려 나보다 수련에 대한 열정이 높아졌다. 그리고 지금 우리는 함께 요가를 하고 있다.

아이를 낳고 우리 부부는 각각 사회에서 맡은 바 임무와 가정에서 주어진 일들을 해내기 위해 최선을 다하고 있었다. 개인적으로 누리는 여유보다 가족 구성원으로서 해야 할 일들에 빠져 있었다. 당시 남편은 새벽 6시도 안 돼서 출근해 밤늦게 퇴근을 했다. 육아를 함께할 수 있는 시간이 턱없이 부족했다. 물리적 한계를 인정하면서도 내 마음에서는 수시로 서운함이 올라왔다.

나만 손해 보는 기분이었고, 제일 힘든 사람이라고 생각했다. 불편한 마음을 빨리 풀고 싶었지만 지친 표정으로 퇴근하는 남편에 기댈 수 없었다. 그 시기 우리는 불편한 감정들로 뒤섞여 다툼이 잦았다. 마음에 여유가 없었다. 그것

도 잠시, 서서히 피로가 쌓이면서 부부 사이의 대화도 줄
어들었고 의무감에 맞춰 묵묵히 각자의 일을 해나가는 시
간을 보내게 됐다.

　그러던 어느 날 여느 때와 마찬가지로 분주했던 아침 시
간, 남편이 왼쪽 귀가 먹먹하다고 하였다. 전에도 한 번씩
이명 증상이 있었지만 그날은 특히 통증도 느껴지면서 내
목소리가 안 들린다고 했다. 놀란 마음에 서둘러 동네 이비
인후과를 찾아갔다. 그러나 거기서는 치료가 힘드니 큰 병
원으로 가라며 추천서를 써 주었다.

　대학병원에서 '돌발성 난청'이라는 진단을 받았다. 상황
이 좋지 않으니 입원을 하라고 했다. 가슴이 철렁했다. 남편
은 지난해 백내장 수술도 했었다. 젊은 나이의 백내장 수술
은 흔하지 않다고 한다. 연속적으로 찾아오는 건강상의 문
제들은 우리 가정에 어떤 신호를 보내는 것처럼 느껴졌다.

　퇴원 후 남편은 잠시 시댁에 머물렀다. 아이의 목소리 톤
이 매우 높다 보니 그 소리가 남편의 귀속 진동을 강하게 만
들어 부담을 주었기 때문이다. 남편과 떨어져 지내면서 우
리 가족의 삶에 대해 다시 바라볼 시간을 가졌다.

'지금, 이 순간 놓치고 있는 게 무엇일까?' 우선 지금 남편에게 가장 필요한 처방약은 스트레스를 줄이는 일이라는 것을 깨달았다. 당시 남편은 S기업에서 플랜트 엔지니어로 있었다. 매일 주어지는 과도한 업무량과 백내장 수술 후 맞춤 안경을 끼고 환한 곳에서 도면을 살펴보는 일은 피로를 더욱 쌓이게 했다. 또한 가족과 떨어져 지내야 할 해외파견에 대해서도 고민하고 있었기에 오히려 지금이 일을 그만두기에 적절한 시기라고 판단했다.

평소 남편은 직장에서의 일 얘기도 잘 꺼내지 않았고, 힘든 일에 대해서도 말을 아끼는 사람이었다. 누구보다도 잘 알면서 나만 힘들다며 남편을 원망한 지난날이 무척 미안했다. 무거웠던 짐을 덜어 내주고 싶었다. 남편은 준비하던 일이 있어 40세에 퇴사를 한다는 목표를 갖고 있었다. 하지만 휴식이란 선물을 미리 앞당겨 주고 싶었다. 나는 퇴사를 권유했다. 무엇보다 제일 중요한 건 '건강'이었기 때문이다. 그 제안에 남편은 망설였지만 오랜 설득 끝에 퇴사를 했다.

그날로 나는 남편 동의도 구하지 않고 집에서 가까운 곳 아쉬탕가 요가원에 남편 이름으로 등록을 했다. 마치 학부모가 된 것처럼 요가원 원장님과 대화를 나누며 연신 잘 부탁드린다는 말도 아끼지 않았다. 요가원에서 발급받은 카드와 함께 '새로운 삶을 살게 된 것을 축하해'라고 적은 쪽지를 남편에게 전달했다. 제대로 된 요가 경험도 없었던 그는 선택의 여지도 없이 아쉬탕가 마이솔 수련을 본격적으로 하게 됐다.

새로운 습관을 만들어가는 과정은 쉽지 않았다. 수련은 주로 오전 시간을 이용했다. 이때는 40~50대 여성분들이 많았다. 남편은 요가원에는 온통 여성회원이라 남자 혼자 수련하기 뻘쭘하다고 못 가겠다고 했다. 요가원은 원래 여성들이 많은 공간이다. 그 분위기에도 금방 적응할 거라고 달래며 보냈다. 또 어떤 날은 본인의 땀 냄새가 다른 사람들에게 피해를 주는 것 같다고 걱정도 하였다. 그건 아무도 신경 안 쓰니 걱정하지 말라고 달래며 보냈다. 이번엔 손목이 아파 요가는 못 하겠다며 본인 몸의 구조에 대해 불평을 했다.

"손목은 조금씩 좋아질 거야. 원래 안 하던 걸 하면 여기저기 아파. 조금씩 달라지고 있으니 관찰하면서 천천히 가봐."

　마치 어린아이를 달래며 유치원에 보내는 것처럼 계속해서 다독거리며 다시 등을 떠밀었다. 때론 집에서 근육 마사지와 이완을 위한 요가 니드라^{Yoga Nidra}를 하곤 했는데 이는 '아무것도 하지 않아도 괜찮다'라는 연습을 하는 시간이었다. 시간이 생길 때마다, 매트에 눕히고 눈을 가려주며 생각으로 빠져들지 않고, 마음이 쉴 수 있도록 리드를 해주었다.

　남편은 쌓인 피로와 긴장들로 인해 요가 니드라를 조금만 진행해도 쉽게 잠이 들었다. 그러면서 어떤 날은 몽롱함 속에서의 개운함을 경험해보고, 또 어떤 날은 깨어있는 상태로 기분 좋은 이완을 경험하기도 하였다. 깨어났을 때의 몸의 가벼움이 신기하고 좋았는지 셀프로 하는 모습도 보게 되었다. 집에서도 밖에서도 마음의 긴장을 갖고 생활한 남편에게 '이런 것들을 좀 더 일찍 알려주었으면 좋았겠다'라는 생각이 들기도 하였다.

　남편은 조금씩 요가 수련에도 재미를 붙여갔다. 그곳의 여성 도반들과 원장님이 참 잘 챙겨 주신 덕분이었다. 남편은 땀을 흠뻑 흘리고 요가원에서 차도 마시고 도반들과 수련에 관한 얘기도 종종 나누었다. 그렇게 요가원에 잘 적응해 나갔다.

집에서는 요가에 대한 궁금증들을 풀어 놓으며 나와 이야기를 나누었다. 그는 프라이머리 시리즈에서 주로 앉아서 하는 아사나보다 서서 하는 동작들에 관심이 더 많았다. 발바닥 지면이 어디에 어떻게 닿았고, 균형을 어느 쪽으로 더 보내야 몸에서 올라오는 에너지가 다르게 느껴진다는 등 많은 이야기를 쏟아냈다.

남편의 표현들은 내가 느끼지 못한 부분들이었다. 남성과 여성의 몸, 근육량과 유연성의 차이도 있었고, 플랜트를 짓기 위해 도면을 보던 방식으로 몸을 주시했던 점도 한몫했다. 덕분에 가끔은 남편이 말해주는 느낌을 토대로 회원들에게도 도움을 줄 수도 있었다. 그러나 매번 좋은 시간만 보내진 않았다. 때론 그가 고민하는 아사나의 수련법에 대해 선배나 요가 선생님의 역할로서 조언을 해주면 곱게 듣지만은 않았다.

"그거 아니거든. 우리 원장님은 이렇게 하라고 했어."

장난 섞인 대화가 오고 가기도 했다. 그때 기억났다. '아,

맞다. 부부끼리는 운전 연수도 받는 거 아니라고 했지.' 나 역시 회원님을 대하듯 상냥하게 말하지 않았기에 뭐 그 정도는 이해할 수 있었다. 그 외 우리 부부의 대화는 유쾌하고 즐거웠다. 어느 날 남편이 얘기했다. 그곳에 있는 분들 정말 대단하다고 말이다.

"연세 많은 분도 계시는데 몸이 정말 대단한 거 같아. 어떻게 그렇게 가볍게 움직이지? 벌써 3년 동안 꾸준히 수련하셨다는데. 내가 지쳐 있는 모습을 보시더니, 본인도 처음엔 그랬다며 위로해주시더라."

시간이 점차 흐르고 남편의 성실함과 꾸준함이 상을 주듯 아사나는 점차 부드러워졌고 견고함이 생겨났다. 어느 날 남편이 와서 숩타 쿠르마Supta Kurma를 하면 떡을 돌려야 한다고 얘기했다. 아쉬탕가 요가수련에서는 난이도 높은 아사나를 성공하면 떡을 돌린다. 함께 수련하는 도반들끼리 재미를 붙인 작은 문화였다. 정작 나는 아사나를 성공해도 한 번도 돌려본 적 없던 떡을 남편을 위해 돌리게 됐다. 뿌듯함이 들었다. 남편의 도반들과 원장님께 감사함을 전달할 수 있어서 기분이 더 좋았던 것 같다. 그렇게 수련이 점차 무르익고 움직임에 적응하면서 2년이 흘렀다. 손목의 통증은 당연히 사라졌다. 남편은 적응 기간에 생겼던 갈등을 들려주었다.

"왜 이렇게 힘들게 시간을 보내고 있어야 하지? 이것만 아니면 다른 해야 할 일들을 처리할 수 있을 텐데. 난 지금 다른 할 일이 많다고 생각했던 것 같아. 하지만 적응을 하면서부터는 오히려 수련을 마치고 마주하는 일들을 더 편안한 마음으로 정리할 수 있게 된 거 같아."

또한 수련하다 문득 떠오르는 감정들이 삶에서도 툭 튀어나오는 때도 있다며 이에 대한 설명도 해주었다. 수련을 왜 해야 하는지에 대해서 조금은 감이 온다고 했다. 몸의 의식들이 깨어나면서 적지 않은 반감이 생기기도 했지만, 마음도 들여다볼 줄 알게 됐다.

남편의 아쉬탕가 수련은 몸뿐만 아니라 마음에서도 조금씩 변화를 보였다. 이젠 내가 등 떠밀지 않아도 알아서 수련을 하고 있다. 새벽에는 나보다 항상 더 일찍 일어나 책을 보며 보이차 마시는 시간을 즐기기도 한다. 알고 보니 정말 부지런한 사람이었다. 요가원을 가지 못하면 매트를 깔고 스스로 집에서 수련한다. 남편의 수련 적응기를 바라보며 문득 과거의 내 모습도 떠올리고, 다시 한 번 요가의 끈을 더욱 확고하게 다지는 기회가 됐다.

이제 우리의 삶은 180도 바뀌었다. 나는 밖에서 일하고, 남편은 집에서 일하며 내가 하는 일들을 뒤에서 적극적으로 지지해주는 파트너 역할을 해내고 있다. 나는 '꼼쿡'이라는 이름으로 SNS에 요리법을 종종 올리고 있는데, 모든 음식은 남편이 직접 조리한 것이다. 남편의 별명이 꼼이어서 그냥 쿡Cook을 붙여봤다.

음식은 건강에 큰 영향을 준다. 그 사실을 몸으로 직접 경험한 후 우리는 함께 식이 습관을 바꿨다. 현재는 집 안에 있던 좋지 못한 것들은 싹 다 없애고, 새롭게 우리 식에 맞춘 건강한 밥상을 차려 먹고 있다. 그는 원래 밥 하나도 제대로 못 하던 사람이었다. 지금은 직접 응용하여 맛있고 건강한 요리를 만들고 있다.

남편은 확실히 나보다 요리에 재능이 있었다. 그래서 나는 주방에서 물러났고 그 자리를 남편이 차지해 가족의 건강을 책임지고 있다. 때론 강의시간이 길어 밖에 오래 머물

때는 도시락도 싸준다. 두 사람 모두 비슷한 시기에 아팠고 공감을 했기에 식습관을 개선해가는 과정은 꽤 순조로웠다. 누구보다 남편의 건강이 더 나빠지지 않고 좋은 방향으로 흘러가게 되어 참 다행이라고 생각한다.

남편은 예전부터 하고자 했던 일을 이제 집에서 하고 있다. 일과는 언제나 나보다 바쁘지만 시간을 쪼개서 차도 마시고, 요가도 하고, 요리도 한다. 사실 아직 남편의 왼쪽 귀의 청력이 예전으로 돌아가진 못했다. 나는 남편의 오른쪽에서 대화를 나누며, 사람들이 많은 곳이나 시끄러운 장소 등 귀가 예민해질 수 있는 곳은 가능한 피하고 있다.

일상에서 작은 불편함이 생겼지만, 우리는 건강의 소중함에 대해 느끼게 되었으며, 진짜 중요하고 가치 있는 일이 무엇인지 알게 되었다. 또한 건강을 잃으면서 얻는 성공은 아무런 의미가 없다는 것도 깨달았다.

현재는 모두가 함께 저녁 식사를 준비하고, 마주 앉아 하루의 일과에 대한 소소한 이야기를 나누고 있다. 우리의 대화 주제에는 음식에 관한 이야기도 자주 등장한다. 조도 가족 대화에서 한 자리를 차지했다. 아이 꿈은 요리과학자라

고 한다. 아이는 자기만의 요리책도 만들고 머릿속에 계획
한 것을 직접 만들기도 한다.

　주로 아침엔 달걀로 다양한 요리를 만들고, 간식으로 먹
을 수 있는 아이스크림, 쿠키 등을 온 가족이 함께 만들며
시간을 보낸다. 최근 아이가 만든 된장 푼 물에 김치를 동동
띄워 끓인 국은 정말 참기 힘든 맛이었지만, 앞에서는 아주
맛있게 먹어주었다. 기대감에 부푼 아이가 완성된 요리를
우리에게 전해줄 때의 행복한 표정을 바라보는 게 좋다. 그
래서 맛에 상관없이 맛있게 먹어주고 있다.

감정과 음식

사춘기 무렵부터 습관적으로 두통이 찾아와 파우치에는 언제나 진통제가 있었다. 돌이켜보면 내 몸의 면역력은 정말 꽝이었다. 감기에 걸린 사람과 옷깃만 스쳐도 금방 감기에 옮을 정도였으니 말이다. 여름에도 감기를 달고 살았고, 감기몸살로 병원도 여러 차례 다녀야 했다. 타고난 체질도 있었을 것이고 살아오면서 스스로 잘 챙기지 못한 결과이기도 했다.

음식에 관심을 갖기 시작한 계기는 모든 증상이 한꺼번에 찾아오면서였다. 이제는 약으로도 안 되고 요가 수련으로도 안 되니 다른 무언가 변화를 줄 필요가 있었다. 내게 제일 취약한 부분이었다. 음식. 몸을 살피는 일은 즐거웠지만, 음식을 절제하기는 어려웠다. 하지만 더는 미룰 수 없었다. '내 몸은 왜 이럴까.'라고 하소연을 할 게 아니라 바르게, 자세히 바라보며 제대로 된 변화를 추구해야 했다.

나에게 맞지 않는다고 생각되는 음식을 찾아 나섰다. 처음에는 보이지 않았다. 좋지 못한 가짜 음식들을 달고 살았기 때문이다. 우선 느낌으로도 알 수 있는 안 좋은 음식부터 제거해갔다. 오랜 습관을 바꾼다는 것은 무척 힘든 일이었다. 당장 변화보다 조금 멀리 바라보며 어떠한 음식을 먹는지, 어떻게 먹어야 하는지에 대한 관찰을 시작했다.

무엇을 먹어야 하는지 공부도 시작했다. 다양한 서적도 읽어보고 강연도 따라다니며 음식이 몸에 주는 영향에 대해 배워갔다. 그리고 제일 중요한, 내 몸을 관찰하는 시간을 가졌다. 이 시간을 통해 누구에게나 좋다는 음식이 나에게는 안 맞을 수 있다는 것을 깨달았다. 우선 몸에 맞는 음식을 찾기 위해서 맞지 않는 음식들을 제거해 나갔다. 초콜릿, 햄버거, 튀김, 피자 등 내 몸의 에너지를 떨어뜨리는 것들을 의식적으로 멀리했다. 대신 싱싱한 식자재를 사들이고 간단하게 조리해서 먹는 습관을 들였다.

요즘은 편의점에서도 음식을 쉽게 사서 바로 먹을 수 있다. 게다가 배달음식들도 정말 잘 나와 있다. 이런 많은 유혹이 있었지만, 주의했던 부분은 성분표였다. 그 안에는 이름조차 생소한 각종 화학조미료들이 나열되어 있었다. 또한 생산 방식, 그리고 유통 과정도 중요한 부분이었다.

대량으로 생산되고 대량으로 준비되고 대량으로 소비되는 식자재들은 의심해볼 필요가 있었다. 눈에 보기에도 예쁘고 풍성한 재료였지만 여기의 문제점은 GMO, 살충제와 제초제였다. 그러다 보니 밖에서 음식을 마음 편안하게 먹기가 어려웠다. 그 속에 어떤 재료가 있는지 자세하게 모르기 때문이었다.

이런 것들을 줄이는 것만으로도 정말 큰 변화가 찾아왔다. 알레르기 반응이 현저히 줄어들었으며 피곤했던 몸에 기력이 생겨나기 시작했다. 처음엔 3주만 해보자 했던 식이요법을 한 달을 하고 1년을 넘기고 결국 지금까지 이어가고 있다. 다시 예전으로 돌아가고 싶지 않다. 절대!

나에게 좋은 음식을 찾은 후 언제 어떻게 먹어야 할지에 관심을 두기 시작했다. 주변을 둘러보면 다양한 식이요법이 존재한다. 하지만 이러한 것들을 스스로 잘 이끌어가려면 중심을 잡고 내 몸을 관찰하는 연습이 중요하다. 무엇을 먹는지에 대한 변화도 중요하지만 어떻게 먹는지에 대한 개선도 필요하다는 걸 알게 됐다. 먹는 타이밍, 즉 식사와 다음 식사 사이의 간격 또한 소화흡수를 위해서도 중요한 부분이었다.

예전의 나는 그러지 못했다. 아침부터 잠자는 시간까지

쉴 새 없이 먹고 있었다. 많은 양은 아니었지만 조금씩 시
간마다 계속 먹었다. 요가수련을 할 때 빈속은 어지러울 것
같아서 간단하게 떡, 빵, 과일 등을 들고 다니며 먹고 수련
을 마치고도 바로 허기가 생겨 음식을 섭취했다.

외출할 때는 배고픔을 견디지 못할 것을 알고 간식도 자
주 챙겨 다녔다. 장이 건강한지 점검할 때 물어보는 질문이
'공복 상태를 잘 견딜 수 있는지'이다. 나는 허기를 견딜 수
없는 몸이었다. 지속적인 당 충전이 필요했고 당이 떨어지
면 온몸에 땀이 나고 손발이 떨리는 증상도 있었다. 그래서
수련을 마치면 뭐든 허겁지겁 급하게 먹었다. 그때 처음 알
았다. 우리 몸의 장도 휴식이 필요하다는 걸 말이다.

장에게 휴식을 주고자 매일 꼬박 챙겨 먹었던 세 끼를
줄여봤다. 아침을 굶든, 저녁을 굶든, 진짜 배가 고플 때
를 기다렸다가 먹었다. 굶으면 큰일 날 줄 알았는데 큰일
이 안 났다.

장을 비워두는 시간을 가능한 한 오래 가져 보았다. 처음
엔 시간을 정했지만 나중에는 몸의 신호에 귀를 기울였다.
기왕이면 몸에서 보내오는 배고픔의 신호를 기다렸다 먹을

때 소화도 잘 됐다. 이 부분을 바꿔 나가면서부터 차츰 공복 상태의 편안함을 즐기게 되었고 장도 점차 회복되었다.

마지막으로는 음식과 감정에 관한 공부였다. 이 부분이 가장 중요하다. 그동안 나는 음식 섭취에 사랑이 없다는 것을 알았다. 내가 음식을 어떻게 먹고 자라왔는지를 살펴보았다. 대부분의 시간을 TV를 벗 삼아 식사를 했다. 처음엔 '맛있다'라고 느끼며 먹던 음식들이, 나중엔 어디로 들어오는지도 모른 채 씹어 삼켰다. 배가 얼마나 부른지도 몰랐다. 배가 고플 때가 아닌데도 외롭거나 지칠 때, 짜증날 때 습관적으로 보이는 것을 먹어 왔다. 돌이켜보면 그때의 나는 배가 고팠던 것이 아니라 안에서부터 올라오는 감정들을 덮어두고 싶어서 먹었다는 확신이 들었다.

"오늘 너무 힘들다. 당 떨어진다. 디저트 하나 먹어야지." 라며 습관적으로 올라오는 감정을 음식으로 위로하고 있었다. 잘 버텨주면 좋을 텐데 몸은 견디기 힘들어했다. 툭하면 체하고, 변비가 잦았으며 피부 트러블이 멈추지 않았다. 여기서 벗어나고 싶었다. 그리하여 먹고 싶은 충동이 일어날 때 왜 이게 시금 먹고 싶은지 나에게 계속 질문하는 연습을 해봤다. 입맛이 뚝 떨어질 만큼 말이다. 습관을 바꾸기 위해 나에게는 꼭 필요한 방법이었다. 그 연습은 내 안에 불쑥 올라오는, 불편해서 피하고 싶었던 감정들을 바라보는 연습이기도 했다. 그 감정들은 잠깐은 피할 수 있지만, 어느새 돌아서면 또다시 올라왔다. 근본적인 치유를 위해 큰맘 먹고 바라볼 필요가 있었다. 그게 바로 면역력을 높이는 길이었다.

어느 정도 몸의 기운이 회복하던 시점부터는 모든 먹는 행위들을 멈춰 보기도 했다. 단식. 단식의 종류는 다양하지만 여러 차례 경험을 쌓아가며 나에게 맞는 단식법을 찾아냈다. 나에게 맞는 음식을 골라 섭취하는 것보다 더 어려운 부분이었다. 몸에서는 무언가 계속 씹고 싶은 행위를 갈망했다.

하지만 포기할 수는 없었다. 몸의 기능들을 리셋하는 방법 중 단식만한 것이 없다고 여겼기 때문이다. 이를 조절하기 위해서 단식이 길어지는 시기에는 에너지 소비를 줄이기 위해 사람들과의 만남도 줄이고 휴대전화 사용도 줄이며 시간을 보냈다. 무엇보다 각종 매체를 통해 노출되는 음식 사진, 영상들은 최대한 보지 않도록 했다.

첫 번째 단식은 몸의 치유를 위함이었고, 두 번째 단식은 감정의 치유를 위함이었다. 그리고 지금은 내면을 더 깊게 들여다보고 싶어 꾸준히 하는 중이다. 나름의 노하우가 생겨 일정을 짜서 몸에 무리가 되지 않는 만큼 하면서 이시간을 소중히 즐기고 있다. 덤으로 TV 중독에서도 벗어났다. 아예 안 보고 사니 광고로 노출되는 음식에 대한 유혹도 없어졌다.

현재 내 몸은 예전보다는 확실히 단단하게 느껴진다. 여전히 불편할 때도 있지만 몸이 스스로 회복하고 있다는 것을 느끼며 기다려줄 여유도 생겼다. 무엇보다 식습관만 바로 잡아도 몸은 좋아질 수 있다는 것을 알았다. 이러한 배움은 아이에게도 영향을 주고 있다. 특별한 기도 의식은 없지만, 먹기 전 음식에 대한 감사 인사를 마치고 식사를 한다.

또한 식탁에서는 아이에게 TV를 보여주지 않고, 가능한먹는 것에 집중할 수 있도록 도와주고 있다. 아이가 새로운환경에서는 또 어떤 변화를 맞이할지 모르지만 지금 내 곁에 머물러 있을 때만이라도 기본에 충실하며 몸과 마음이 건강해질 방법들을 나눠주고 싶다.

건강에서 음식은 대단히 중요한 부분이지만, 그것이 전부는 아니라고 생각한다. 감정이 조절되지 않으면 지혜롭게 건강을 챙겨 갈 수 없다. 식이요법을 하면서 느낀 점 중의 하나는 바로 '억압'에 대한 것이었다. 식단을 조절하기 위해 내 몸에 행하는 억압은 일시적일 뿐 변화를 이끌어갈수 없다. 억압으로 만들어낸 다이어트는 평생 다이어트로이어질 수밖에 없을 것이다.

나 역시 먹고 싶은 것을 꾹꾹 눌러 참아가며 시간 또는날짜를 정해 그날만을 기다렸더니 결국 다시 폭식으로 이어졌다. 그러니 왜 먹고 싶은지를 살펴보고, 한 입을 먹고다시 왜 먹었는지를 바라보는 연습이 진짜 중요하다. 그러나 먹었다고 해서 나를 자책해서도 안 된다. 천천히 아이처럼 달래면서 서서히 고쳐 나가야 즐거운 변화를 맛볼수 있다.

지금은 음식에 대해서 예전처럼 기준을 엄격하게 잡지않는다. 가끔은 즐겁게 가족, 친구들과 외식을 즐기기도 하고 때론 디저트를 맛있게 먹기도 한다. 균형을 위해 나만의 규칙을 정해 그 안에서 조절하는 중이다. 아주 즐거운 마음으로 먹는 음식은 칼로리 제로라는 말도 있지 않은가.

몸은 마음과 깊은 연관이 있다는 말을 진심으로 믿는다. 그런데도 감정을 제일 마지막에 볼 수밖에 없었던 이유는 몸이 좋지 않으니 우선 몸밖에 보이지 않았기 때문이다. 음식을 관리하는 것이 건강 염려증이 아닌가 싶을 정도로 과하다는 생각이 들 때도 있었다.

그렇지만 다시 생각해보면 몸은 내가 원하는 곳으로 갈 수 있도록 도와주고, 마음 안으로도 잘 들어갈 수 있도록 안내자의 역할을 해주는 훌륭한 도구이다. 삶에서 무엇보다 소중한 자산인데 이를 함부로 다루는 것은 옳은 일이 아니라고 판단했다.

이제는 입으로 들어와 몸의 구성이 되어주고 있는 음식에 깊은 관심과 애정을 갖게 됐다. 건강이 삶의 전부가 될 수는 없지만, 삶을 즐겁게 살아가기 위한 길에 건강이 빠진다면 결코 그 즐거움을 만끽할 기회가 없다는 것을 몸소 깨달았다.

틀에서 벗어나기 위한 아사나 수련

요가 수련을 하는 목적과 가야 할 방향에 대해 혼란에 빠진 적이 있었다. 추구하는 목표는 너무 멀리 있었고 아사나의 완성도에 집착하는 마음도 있었다. 그러다 보니 허리도 어깨도 꽉 뭉쳐 침도 맞아가며 일상생활에 지장을 준 적도 있었다.

수련을 하는 목적에 혼란이 찾아왔다. '언제까지 내 몸을 혹사해야 하는 거지? 어디까지 가야 하는 거야. 도대체?!' 이 의문에는 수련을 통해 성취하고자 하는 기대감과 경쟁의식이 있었다. 그걸 버리는 게 중요했다. 마음을 지금, 이 순간으로 돌려야 했다. 다른 사람이 제시하는 답이 아닌 내가 어디까지 가고 싶은지 나의 답이 필요했다.

"요가 수련을 왜 해야 하는 걸까?"

이 질문이 수시로 떠올랐다. 게으름을 합리화하는 것이라 생각하고 무시하고 덮어버렸다. 하지만 수련에 몰입할수록 더 자주 생각났다. 작정하고 의문점들을 살펴보니 수련방식, 삶의 방향성 등에 대한 의문들도 끊임없이 올라왔다. 앞으로 나의 수련을 위해서도 이론에 대해 명확히 이해하고 싶었다. 머리로 하는 이해가 아니라 가슴으로 이해하고 싶었다.

스스로 판단하고 움직이는 하타 수련을 시작해봤다. 감각의 끌림에 따라가도록 몸을 허용해주었다. 그리고 가능한 생각에 빠져들지 않도록 흘려보내며 떠오르는 감각들에 주의를 기울였다. 때론 소도구들을 활용하여 몸의 감각을 깨우기도 하고, 새로운 아사나를 창조해보기도 했다. 두꺼운 양말을 신거나, 수건으로 눈을 가리기도 하고, 또는 홀딱 벗고 하는 요가 수련 등 새로운 방식으로도 수련을 시도했다.

평가하는 나조차도 존재하지 않은 공간에서 내 몸이 가고자 하는 대로 따라가 본다. 빛도 없는 공간은 나를 더욱 흔들리게 하지만 중심을 느끼는 연습을 하기엔 최고였다. 그 안에서 때론 아사나에 머무는 순간 자극에 빠지면 물어본다. '지금 떠오르는 감각을 바라보고 있나? 아니면 고통을 누르고 참고 있나?' 자극이 깊어질수록 더욱 섬세한 관찰이 필요했다.

멈춰있을 때 떠오르는 감각을 관찰하기보다는 내 몸에 대한 걱정과 두려움, 그리고 기대하는 마음이 보였기 때문이다. 무의식적으로 이것들을 무작정 눌러버리려고 애를 썼던 날은 마음이 흐르고자 하는 방향 역시 보이지 않았다.

'가, 그냥 가, 뭘 망설여!' 습관적으로 나를 밀어붙이고 있었다. 몸은 풀렸지만 마음이 경직되어 무리했던 날은 목과 어깨의 주변 근육이 경직되면서 어김없이 어깨통증을 일으켰다. '억지로' 했기 때문에 근섬유도 긴장할 수밖에 없었다.

현재 내 몸의 감각들을 깊이 있게 전해주는 아사나는 우르드바다누라사나Urdhva Dhanurasana이다. 경추, 흉추, 요추의 마디마디를 모두 열어줘야 하는 후굴의 토대가 되는 동작이다. 때로는 이 아사나를 흐름의 제일 첫 번째에 두기도 한다. 온몸이 열리지 않은 순간에 말이다. 뻐근함 속에서 하나씩 풀어지는 척추 사이의 근신경계 감각들을 바라보는 연습도 무척 흥미롭다. 그저 느낌에 온전히 몸을 맡겨보는 것이었다.

그러나 머물러 있으면서도 집중하지 못하고 있음이 보였다. 또한 이러한 것들을 무작정 거친 호흡으로 눌러버리려고 애를 쓰다 보니 마음이 흐르고자 하는 방향을 수시로 놓쳤다.

'수련 끝나고 뭐 먹지?'라는 생각이 찾아왔을 때는 이미 지금으로부터 너무 멀리 가버렸을 때였다. 눈을 감고 다시 모든 주의를 몸의 감각으로 보낸다. 팔과 다리가 멀리 뻗어 있지만, 중심은 복부라고 느낀다. 멀리 보낸 손과 발의 느낌을 알아차리면서 몸통의 중심에 더욱 집중한다. 그럴수록 대퇴부와 손목이 편안해지는 것이 느껴진다.

시간이 좀 더 흐르면서 지금의 상태가 안정적이라고 판단되면 손발이 가까워질지 말지를 결정한다. 아사나에 내 몸을 맞출 필요가 없다. 손발이 모두 지면에 닿아 있어 비교적 안정감이 들며 내가 원하는 만큼 확장할 수도 있고 원하지 않는 만큼의 각도에서 머물 수도 있다. 가슴을 활짝 열어주고 싶은 만큼 열고, 머물고 싶은 만큼 머물러 본다.

근골격계의 협응력을 위해 주의를 기울였다. 그렇지 못했던 날은 어딘가 굉장히 아팠다. 이 아사나에서는 나에게 친절하게 대하며 기다려줄 것인지, 또는 도전해 볼 용기를 가질 것인지 바라보고 선택할 수 있는 타이밍이 자주 찾아왔다. 모든 것은 나의 선택이다. 가볍게 갈 수도 있고 강렬

하게 갈 수도 있다. 마음의 끌림을 잘 따라갔던 날일수록 골반 근육들의 섬세한 감각도 느껴졌고, 가슴이 손목 쪽으로 다가갈수록 편안했다.

　매일 하는 수련은 몸을 향한 따뜻한 마음을 바탕으로 앞으로 뒤로 옆으로 위로 다양하게 움직여 가는 것을 기본으로 한다. 마음이 원하는 방향을 따라가 보기도 하고, 때로는 정반대로 움직여 보기도 한다. 가볍게 하고 싶은 날은 가볍게, 땀을 내고 싶은 날은 열정을 다해 긴 시간 호흡과 함께 움직인다.

　가만히 앉아만 있고 싶은 날도 있다. 그럼 그렇게 해준다. 기다리다가 몸이 원하면 일어나 수련을 하고, 그렇지 않으면 그대로 좀 더 앉아 있는다. 모든 움직임의 방향을 그 순간의 느낌에 따라 움직여주는 수련을 해나갔다. 가고자 하는 방향을 부드럽게 이끌며 그 과정에 빠져들 수 있는 자기 주도적인 수련을 토대로 진행하는 것이었다.

　정해 놓은 틀을 벗어나 자유롭기 위해서는 머릿속에 심어져 있는 다른 사람의 형상을 지우는 게 필요했다. 누군가와 경쟁하려는 마음을 안으로 돌려야 했다. 벅차다고 느낀 아사나도 마음이 끌리면 도전하고, 그 찰나에 가기 싫다면 멈추길 반복했다. 스스로 주도적으로 움직이고 받아들일 때 몸도 진심으로 즐거워하며 따라오는 게 느껴졌다.

마음의 문을 활짝 열어놓은 자기 주도적인 수련방식은 일상에서도 도움이 된다. 무의식적으로 갖게 된 마음의 습관과 그릇된 고정 관념을 바른 시선으로 볼 수 있게 돕는다. 우리는 체형도 다르고, 체질도 다르고, 취향도 다르다. 같은 음식이라도 누군가에겐 보약이 되고 누구에게는 독이 될 수도 있다.

나는 나고, 그 사람은 그 사람이다. 강도 높은 수련을 해서 몸이 시원한 사람이 있고 부드러운 이완 요가를 해서 몸이 좋아지는 사람도 있다. 새벽 수련이 맞는 사람이 있고 저녁 시간이 맞는 사람도 있다. '어떤 수행 방식이 맞다, 틀리다.'라는 판단은 본인이 결정하는 것이다.

내가 요가를 하는지 체조를 하는지는 어떠한 마음으로 움직였는지에 따라 달라지지 않을까? 내재되어 있는 에너지의 흐름 또한 다르기에 서로 분출하는 방식이 다를 수밖에 없다. 아사나의 끝은 없다. 뭐든지 자기만족에서 시작하고 끝나는 것이다. 그 안에서 내가 어떠한 마음 상태로 머물고 있는지가 중요하다. 맹목적인 믿음이 오히려 나와 나 사이의 벽을 두껍게 만들었기에 이 틀을 깨부수는 작업이 필요했다. 우리가 사는 세상은 때론 숨이 막힐 정도로 무분별한 정보들이 넘쳐난다. 필요한 정보를 쉽게 접할 수 있다는 장점이 있지만 나에게 맞는 답을 찾고 선택하는 일이 어려워졌다.

이러한 정보들을 한 치의 의심 없이 수동적인 자세로 전부 믿고 따라만 간다면 부작용이 생길 수도 있다. 누군가 친절하게 준비해준 길을 따라가는 것은 당장 급한 상황을 벗어나기에는 좋지만, '나'의 생각이 빠진 삶의 방식은 언젠가는 쉽게 흔들릴 수밖에 없다.

사회, 문화, 나라, 성별 등에 둘러싸여 만들어진 사고방식에서 벗어나는 일이 쉽지만은 않을 것이다. 그러나 무엇을 취하든 내 마음의 주인은 나라는 자신감을 느끼고 살아가고 싶다. 그래서 오늘도 내 몸을 관찰하며 '지금 무엇을 원하는지'에 마음의 소리를 들어 보는 연습을 해 본다.

나 혼자만이 아닌, 우리를 위한 요가

"나는 원래 뻣뻣해서 요가 못해."

"요가는 가만히 있어야 하는 거 아냐? 나는 답답해서 가만히 못 앉아 있는 성격이야."

이 말들은 "요가 해봐. 진짜 좋아!"라고 하면 듣게 되는 답변이었다.

예전에는 답답한 마음에 '요가를 하면 좋은 점'에 대해 일장 연설하듯 붙잡고 설명했지만 요즘은 그렇게 하지 않는다. 그런 말을 들어도 설명하느라 에너지를 허비하지 않고, 대신 요가를 하러 찾아온 사람들에게 그 에너지를 최선을 다해 쏟는 중이다.

요가는 정말 말로만 들어서는 알기 힘들기 때문이다. 몸으로 직접 느끼고 체험을 해야 '아, 이게 나에게 도움이 되는 거구나.'라는 것을 알 수 있다. 요가는 결코 잘하는 사람들만 모여서 하는 수련이 아니다. 저마다 몸이 다르기에 잘 되는 아사나의 각도도 다르다. 요가의 종류도 다양해졌다. 정적인 동작들만 생각하고 수업에 들어왔다가는 큰코다칠지도 모른다. 음악과 함께 다양한 움직임을 만드는 요가가 있는가 하면, 천천히 몸의 이완을 느낄 수 있는 요가도 있다.

또 소도구를 사용하기도 하고 벽이나 해먹을 이용하기도 한다. 종류는 다양해졌지만 모든 요가수업 안에 담긴 뜻은 '몸을 통해 내면을 바라보는 것'이다. 만약 초보자라면 우선 다양한 프로그램을 경험해보고 본인에게 맞는 수업을 따라갈 것을 추천하고 싶다.

개인적으로 지도했던 특별한 회원이 있었다. 처음에 학생의 어머니한테서 전화가 왔다. 재활에 초점을 맞춘 테라피 요가를 자신의 딸에게 지도해줄 수 있는지 물었다. 미국에 있는 대학에 다니던 도중, 잠시 한국에 들어왔다가 사고가 생겼다고 했다. 뇌출혈로 하체 마비가 되어 현재 재활기구 없이는 걷지 못한다고 했다. 한동안 입원을 하고 이제 막 재활 치료도 병행하는 중이라며 지금까지의 상황을 알려주셨다. 일정에 다소 무리가 있었지만 홈 레슨을 흔쾌히 결정하고 왕복 3시간 거리를 매주 3회씩 갔다 왔다.

우리가 처음 만난 날은 몹시 추운 겨울이었다. 눈 마주치는 것도 쑥스러워하던, 수줍은 스물두 살 꽃다운 나이의 예쁜 학생이었다. 이름은 소연이라고 했다. 수업에서 좀 더 비중을 둔 것은 깊은 감각과 섬세함을 요구하는 느린 요가였다.

하지만 마음이 답답했던 아이에게는 그 시간이 버거웠던 모양이다. 사바아사나 시간을 유독 힘들어했다. 오히려 근력 강화를 위한 고강도의 재활 운동을 원했다. 강도 높은 운동을 해야 그나마 마음이 가벼워진다고 했다. 마음 아픈 곳을 달래 주고 싶었지만 아직 받아들일 준비가 되어 있지 않다고 판단해 요구대로 하체 근력 위주의 재활요가에 집중했다.

알고 지내던 재활 치료 전문 의사 선생님께도 소연이의 동작을 영상으로 보여주며 자문을 구했다. 예상했던 것보다 수업 진행이 쉽지 않았지만, 진심으로 이 아이가 잘 되기를 바랐다. 대부분의 시간을 휠체어에서 생활하고 재활원에서는 강화 운동을 주로 하다 보니 뭉친 곳과 약화된 근육의 차이가 컸다. 내가 도와줄 수 있는 건 뭉쳐 있던 근육들을 폼롤러로 풀어주며 균형 잡기, 코어근육 강화 위주로 할 수 있는 만큼 이끌어주는 것이었다.

표현이 무척 솔직한 친구였다. 카톡으로 수업에서 본인

이 원하는 바를 표현해주었고 덕분에 나 역시 선호도에 맞춰 수업을 짤 수 있었다. 우리는 몸을 위한 운동을 했지만, 시간이 흐르면서 아이의 마음에 대한 궁금증이 더 자주 떠올랐다. 아직은 하고 싶은 게 넘쳐나는 어린 나이인데 불시의 사고를 당해 속도 까맣게 탔을 것이다. 실제로 두통도 자주 찾아왔고, 숨도 수시로 가빠졌다.

홈 레슨 외의 시간에 종종 연락이 왔다. 처음 대화는 몸에 관한 이야기였지만, 점점 마음에 관한 이야기가 주를 이루었다. 화가 나거나 기분이 우울할 때 어떻게 해야 하는지 물어왔다. 사소한 질문이지만 우리에겐 매우 중요한 대화였다. 그렇게 우리는 대화로 서로를 알아가며 가까워졌다.

만난 지 일 년이 지났을 무렵 수업을 마치고 돌아가는 마을버스 안에서 진짜 요가를 알려주고 싶다는 의지가 다시 생겨났다. 수업 때마다 아이의 책상 위에서 봤던 글귀 하나가 매번 마음에 걸렸기 때문이다.

"나는 걸어서 등산할 것이다."

누구나 그럴 것이다. 정해진 목표와 자신의 현재 위치가 아득히 멀게 느껴질 때, 지금 하는 일들이 불안하고 답답하고 또 화가 쌓이지 않을까? 그래서 더욱 요가를 알려주고 싶었다. 진정으로 내 몸을 사랑할 수 있는 마음을 키워주고 싶었다. 아이에게 제일 취약한 부분인 코어를 활성화시키는 운동으로 요가는 진짜 완벽했기 때문이었다.

사실 당장은 하체발달이 급선무였다. 하지만 재활원에서도 매주 하체 운동을 중점적으로 하고 있으므로 요가 시간은 좀 더 재밌게 새로운 근육들도 느껴보게 하고 싶었다. 온몸의 감각들을 깨워내는 거였다. 무엇보다 자신감을 키워주며 즐겁게 움직이는 방법을 알려주고 싶었다. 다행히 마음이 잘 전달되었는지 조금씩 흥미를 갖기 시작했다.

다양한 요가 아사나를 통해 한 발로 균형을 잡거나 한 발에 한 손만 바닥에 닿아 지지하며 코어를 잡아갔다. 맨발로 움직이며 발가락 사이의 감각도 깨워보고, 손바닥이 때론 발바닥 대신 지지대 역할을 하며 균형을 잡는 것도 도와주었다.

혼자서 중심을 잡지 못했기에 옆에서 부축해주면 의자와 벽, 벨트 등의 도구를 사용했다. 균형을 잡고 버티기 힘든 경우에는 모든 소노구를 활용했으며, 중심이 잘 잡히는 날에는 몸이라는 도구만을 이용해 집중 수련했다. 꽤 오랜 시간이 걸렸다. 때론 넘어지기도 했고 어떨 때는 안에 있던 감정이 올라와 소리를 지른 날도 있었다. 하지만 "그만할까?"라고 물어보면 "아니요."라고 대답했다.

몇 차례 진행하다 보니 움직이는 수리야 나마스카라^{Surya Namaskara} A세트도 완성했다. 그러고는 다시 몇 달이 지나고 B세트도 시작했다. 한 가지 아사나에 오랫동안 머물기도 했고, 인터넷으로 검색한 요가 자세를 보여주며 도전해보고 싶다는 말도 해주었다. 무척 기쁜 일이었다. 혼자서 기운 빠지지 않도록 때로는 나도 옆에서 아사나를 함께 했다. 그렇게 응원의 에너지를 전달해 주었다. 무엇보다 핵심은 한 아사나에서 있을 수 있는 만큼 오래 머물면서 호흡을 고르게 유지하며 이어가는 것이었다. 일반 운동을 했을 때보다 땀을 훨씬 많이 흘렸다.

진지하게 열심히 따라오는 태도가 고마웠다. 소연이는 기대 이상으로 움직임에 대한 인지력이 뛰어났다. 본인조차 몰랐던 유연성과 견고함을 충분히 갖고 있었다. 때때로 감정이 불안정한 날은 편히 눈을 감고 몸을 그대로 느껴보는 시간도 가졌다. 그런 날은 마주 앉아 명상을 하고 그날의 마음 상태에 대해 얘기를 나누었다. 사바아사나 시간도 숨이 가빠져서 싫다던 아이였기에 가만히 앉아서 자신을 바라본다는 건 정말 큰 발전이었다. 무척 대견했다.

결국 아이는 우스트라사나^{Ustrasana}까지 도전하게 됐다. 이는 근육이 타이트한 사람들도 힘들어하는 아사나다. 처음에는 잡아주었지만, 점차 혼자 힘으로 무릎을 꿇고 골반을 힘차게 들어 올렸다. 가끔은 장롱의 문을 버팀목 삼아 상체를 뒤로 열어주는 연습을 했다. 재미가 생겼는지 말렸는데도 내가 없는 시간에 혼자서 그 자세를 이어갔다. 그러고는 아무 도움 없이 매트 중앙에서 혼자 힘으로 골반을 들고 뒤로 상체를 젖혀 이 아사나를 완성했다. 우리에겐 참으로 기적 같은 일이 아닐 수 없었다. 그 이후 수업을 마친 어느 날 편지를 받았나.

"요가를 좋아하게 해줘서 고마워요. 앞으로 평생 요가 할 거예요."라는 내용이 담겨 있었다. 그렇게 우리는 3년이란 시간을 함께 했다.

"성비 아저씨가 그러시는데, 소연이 등이 꼿꼿이 세워졌다고 해요."

어머니가 전해 준 이야기였다. 조금이라도 눈에 띄는 변화가 생겨서 다행이라고 생각했다. 솔직히 선생님이란 역할로 다가갔으나, 때론 언니와 동생이 되어 다투기도 했고 수업을 이끌어가는 것에 갈등을 겪기도 했다.

그러나 돌이켜보면 나는 아이에게 도움을 준 것 이상으로 받은 게 훨씬 많았다. 소연이는 분명 몸도 마음도 많이 지쳐 있었을 것이다. 그러나 그녀는 악을 쓰며 버텼고, 절대 포기하지 않았다. 열악한 조건에도 삶 속의 자신을 바라보며 계획하고 목표한 일에 최선을 다해갔다. 결국 아이는 다시 대학에 입학했고, 현재는 철학과에 재학 중이다. 국내에 있는 명상센터를 해외에 알려주는 통역 아르바이트도 하고, 본인보다 힘든 사람들을 위해 봉사도 하고 있다. 그런 아이의 몸과 마음의 성장을 보며 내 삶에서도 감사한 일들이 자연스럽게 눈에 띄기 시작했다. 소연이 덕분이었다.

사실 지금까지 나의 요가 목표는 건강, 다이어트, 스트레스 해소 등 나만을 위한 도구였다. 하지만 이 목적만으로는 잘 하다가도 쉽게 멈추게 되고, 한계 앞에서 무너질 때가 많았다. 그러나 요가가 필요한데도 할 수 없는 사람들을 만나고 그들에게 작은 도움을 주면서 요가의 의미에 대해 다시 생각하게 되었다. 때로는 나만을 위할 때보다 우리를 위한 일을 고민하고 도움 줄 일을 찾아 행동할 때, 나의 삶에도 좋은 변화가 생길 수 있다는 것을 깨달았다.

"요가 못하는 사람 있나요?"

"없어요!"

요가는 남녀노소 누구나 할 수 있다. 몸이 불편한 사람도 하고, 마음이 아픈 사람도 할 수 있다. 뻣뻣해서 못하는 것이 아니고 뻣뻣하니까 풀어야 한다. 가만히 있는 걸 못 참으니 피할 게 아니라 왜 가만히 있지 못하는지도 자세히 들여다봐야 한다. 요가를 통해 마음이 편안해질 방법을 배우면 삶이 더 가벼워질 것이라 믿어 의심치 않는다.

스승 찾아 삼 만리

수련을 하며, 옳고 그름을 정확히 지적해주고 길을 알려줄 스승을 만나길 바랐다. 주위를 둘러보면 다른 사람들은 그들만의 스승이 있는 것 같은데 나는 아무도 없는 것 같아 외로운 마음이 들기도 했다. 요가를 업으로 삼으며 찾아오는 갈등과 의문을 해결해줄 누군가가 필요했다.

'진짜 요가는 무엇일까? 요가는 어떻게 해야 할까? 요가 아사나의 끝은 어디일까? 나는 지금 바른 길로 가고 있는 걸까?'라는 질문을 하고 싶었다. 요가만 하면 인생이 아름다워지고, 좋은 일만 가득할 거라고 생각했는데 막상 요가인이 되어보니 그렇지만은 않았다.

오히려 전보다 하지 말아야 할 것과 실천해야 할 일들이 많아 세상 살기가 더 혹독하게 느껴졌다. 그 궁금증과, 또 어떻게 이끌어가면 좋을지 묻고 싶었다. 하지만 그럴 수가 없었다. 주위에는 아무도 없었다. 그나마 뒤늦게 깨닫게 된 건 스스로에 대한 마음을 열지 않았기 때문이라는 것이었다. 나와 나와의 관계에 믿음이 부족했던 것처럼 훌륭한 분을 만나도 상대방에 대한 의심 또한 수시로 올라왔다.

우선 마음을 비우고 '스승은 내 마음속에 있다.'라고 생각하며 살아가기로 했다. 내 안의 스승은 꾸준한 수련과 마음공부를 통해 내 안에서 찾아오는 느낌, 생각들을 유심히 관찰할 수 있도록 도와주었다. 매트 위에 서기 싫을 때, 수련하면서 좋고 싫음을 판단할 때, 아사나에 집착할 때, 삶 속에서 화, 우울, 짜증이 올라올 때 "정신 차려!"라고 지적해주는 역할도 해주었다. 그래서 수련할 때는 내 마음이 어디에 빠져 있는지 더 잘 보였다.

생각이 많아 수련의 흐름에 집중을 못 하는 날이 있다. 그런 날은 호흡을 가다듬고 물구나무서기, 시르시아사나 Sirshasana 머리서기만을 한다. 발끝은 하늘 위로, 머리는 땅에 닿은 채 머물러 있는 시간을 좋아하게 된 이유는 내 마음의 습관을 좀 더 자세히 들여다 볼 수 있기 때문이다.

머리로 기둥을 세우고 골반을 잡아 양발을 위로 천천히 들어 올린다. 머물러 있는 중에도 생각이 떠오르면 서서히 어깨의 힘이 들어오는 것이 느껴진다. 그럼 다시 어깨의 힘을 빼고 뒤로 빠져서 오고가는 생각들을 바라본다. 그럴 때는 무의식적으로 강하게 잡고 있던 마음이 올라왔다가 천천히 사라지기도 한다.

다시 골반 아래쪽에서부터 정수리로 끌어 올려주는 물라다라반다Mulabandha를 느끼며 회음부를 좀 더 조여본다. 속 안의 중심을 잡아간다. 5분, 10분, 15분…… 시간이 지나갈 수록 팔이 후들거리고 다리의 감각이 하나둘씩 사라진다. 마치 하체가 없어진 느낌이 들기도 한다. 몸에 있던 땀들이 얼굴로 뚝뚝 떨어진다. 콧구멍으로도 들어간다. 코가 맵다. 버텨내야 한다는 의지마저 없이 그냥 머문다. 마치 몸이 속을 텅 비워낸, 단단한 대나무가 된 것 같았다.

그러다가 때론 어깨의 힘을 빼고 흔들림을 느껴본다. 그 순간 중립적인 호흡과 반다Bandha를 느껴야 어깨의 힘으로 버티지 않고 가볍게 유지할 수 있다. 머리서기는 거짓이 없었다. 그 순간에 깨어 있지 않으면 금방 중심을 놓치고 흔들거리는 게 보였으며 현재 나의 흐름을 보게 해주었다.

어디로 힘이 쏠리고 있는지, 놓치고 있는 게 무엇인지, 어느 방향으로 힘을 줘야 중심을 잡을 수 있을지를 말이다. 그렇게 30분을 유지하고 내려오면 아무 생각이 없다. 마무리는 사바아사나로 해준다. 누워서 몸을 바라보면 아직 온몸의 진동이 남아 있는게 느껴진다. 몸이 으스러질 것 같았지만 막상 수련이 끝나면 오히려 기운이 넘쳐났다.

거꾸로 잠시 머물러 보는 시간은 삶 속에서 무의식적인 습관들에 휩쓸려 따라가고 있는 것들과 거부하고 있는 것들을 보다 객관적인 시선으로 바라볼 수 있는 시간이었다. 이는 삶 속에서도 나의 중심을 지혜롭게 잡아갈 수 있도록 도와주었다.

내 마음을 좀 더 구체적으로 들여다보며 배울 수 있는 경전공부도 본격적으로 시작했다. 바른 길로 이끌어줄 가르침을 배우고 싶었다. 그 후 수련으로 일어나는 현상들이나 요가를 하는 이유를 파헤치고 정리하기 위해 잊고 살았던 책을 다시 펼쳤다. 요가 경전의 기본서인 요가 수트라, 바가바드기타, 하타 요가 쁘라디피카 등을 포함해 불교 경전들도 접하면서 많은 스승의 가르침을 반복해서 가슴에 새겨 넣었다.

지도자과정을 공부하던 요가입문 때보다 가슴에 와 닿는 글들이 더 많아졌다. 여전히 아리송한 말들이 있었지만 몇 개의 글귀는 머릿속에 집어넣고 하루를 시작했다. 때론 필사도 하고 소리 내어 낭독도 했다. 머리에 들어오지 않아서 시도한 방식이다. 주로 이른 새벽 시간에 집중이 잘 되었다. 그래서 일어나면 습관처럼 주로 경전을 읽었다.

해마다 같은 경전을 읽어보지만 현재 처한 환경에 따라 다르게 이해되었다. 낮에 생활하다 보면 가끔 톡 하고 아리송했던 글귀들이 떠올랐다. 그리고 눈앞에 닥친 고민들이 떠오른 글귀를 통해 해결되는 신기한 경험도 했다.

아사나를 하는 이유, 요가의 목적과 정의 부분을 읽으며 생각하고 또 생각했다. 그리고 스스로에게 묻기를 반복했다. '그래서 너는 어떻게 생각하는데?' 놀랍게도 조금씩 몸이 정보들을 흡수해갔다. 초심을 잃지 않고 계속 즐거운 수행을 이어가려면 공부를 해야 수시로 올라오는 관성적인 습관들을 잠재울 수 있다는 것을 알게 되었다. 그렇지 않으면 삶이 어려워질 때 또다시 요가 탓을 할지도 모르기 때문이다.

예전에는 가정에 충실하면서 동시에 요가의 계율을 따라가는 삶이 벅차게 느껴졌다. 멀리 수행을 떠나고 싶은 마음도 들고, 그러면서 또 아이에게 최선을 다하고 싶은 마음도 들었다. '둘 중의 하나는 포기해야 하지 않을까?'라는 괴로운 마음이 올라왔다. 하지만 그 고민을 깊이 파고 들어가 보니 문제는 밖이 아니라 안이었다. 무엇을 선택할 필요가 없었다. 내가 요가 수련을 하든, 아이를 키우든, 일을 하는지 간에 바깥 대상은 크게 중요하지 않았다. 중요한 것은 안에서 내가 그 일을 어떤 자세로 바라보고 있는지였다. 수행은 멀리 있는 게 아니었다.

오래 묵혀 두었던 마음습관이 일들을 모두 복잡하게 바라보게 했다. 조금씩 나의 고정된 습관, 행동을 파악하고 알아가면서 가정에서도, 요가를 하면서도, 사람들과의 관계 속에서도 가볍고 편안해질 수 있었다. 집착할 것도 없었고, 굳이 둘 중의 하나를 포기하거나 외부의 대상들에 끌려갈 필요가 없었다.

또한 누군가를 따르지 못한다고 불안해할 필요도 없었다. 나 자신을 의지처로 삼아 나에게 묻고 내 안의 답을 찾아가면 되는 것이다. 외부의 도움 없이도 내 몸과 마음을 통해 중심을 찾을 수 있도록 하면 된다.

수시로 마주하는 힘든 일들이 모두 마음을 다스리는 수행이었다. '내 삶은 이렇게 되어가야 해.'라는 기대를 내려

놓는 것이 제일 중요한 일이었다. 그러면서 조금씩 바깥 대상들에도 마음이 너그러워졌다. 그러고는 삶과 요가 둘 다 사랑할 수 있게 되었고, 내 삶에 맞춰 지혜롭게 이끌어 가자는 각오를 다질 수 있었다. 때론 아들 조를 통해서도 삶의 지혜를 배운다. 종종 아이를 앉혀 두고 질문 할 때가 있다. 조는 내 주변에서 가장 행복하게 사는 사람이기 때문이다.

"넌 좋겠다. 맨날 편하게 살아서. 엄마는 이거 너무 힘들어. 못 하겠어. 어떡하지?"

"그럼 엄마도 하지 마. 그냥 나랑 놀면 되잖아!"

우문현답이다. 아이를 보며 생각했다. 아이는 왜 단순한 걸까, 어떻게 웃음이 저리도 많을까? 아이의 눈에는 일상의 하나하나가 모두 새롭나 보다. 하루에도 수십 가지가 넘는 질문들을 한다. 하지만 전혀 힘들어하지 않고 작은 것 하나에도 호기심을 갖고 배움을 즐기고 있다. 아이의 모습은 나의 태도를 다시 한번 바라보게도 해주었다.

요가만 하면 삶이 아름다워지고 꽃길만 걸을 것 같은 기대를 품었었다. 하지만 그건 상상 속에 존재하던 환상이었다. 마음 편히 누리며 살아왔던 것들이 좋은 게 아니라고

하니 갈등이 올라오기도 했다. 그러다 보니 요가를 하면서
도 답답함을 해소하고자, 내가 추구하는 완벽한 삶을 살아
가며 요가를 하는 사람을 더욱 찾아 헤맸었는지도 모른다.

사실 이 길을 가는 것이 항상 즐겁고 행복이 넘치지는 않
는다. 그러나 오래된 습관, 틀을 깨려면 아픔이 따를 수밖
에 없다. 수행을 이해하고, 삶을 더 깊이 받아들이면서부터
마음의 문이 열렸다. 의심하던 마음도 조금씩 진정되었다.
그러면서 나의 삶에 힘을 줄 수 있는 다양한 스승들이 보
이기 시작했다.

스승이 꼭 한 분이어야 하는 것은 아니다. 살아가는 여정
속에 이분에게도, 저분에게도 배울 점들은 많다는 것을 알
았다. 수련, 수행을 함께 배워가고 있는 도반들 역시 매번
깨우침을 주는 소중한 스승들이다.

삶의 지혜와 기쁨을 누리도록 이끌어 준 고마운 분들 덕
분에 현재도 여전히 배우고, 성장하고 있다. 누구를 만나도
그 안에서는 배움이 있기 마련이다. 이제는 외롭다는 마음
이 들지 않는다. 가야 할 길에 대한 불안감도 줄어들었다.

아직 남아 있는 불안한 요소들을 잠재우기 위해서는 스

승을 찾기 앞서 내 몸을 믿고 따라야 한다는 생각이 더욱 확실해졌다. 스승은 여러 곳에 여러 모습으로 있고, 스승을 찾는 것만큼이나 내 가슴을 믿고 따르는 것이 가장 중요하다.

지금, 이 순간을 알아차리는 연습

호흡을 관찰하는 것은 우리의 몸과 마음을 연결하는 좋은 도구다. 바쁜 일상 속에서 잠시 호흡에 집중하는 것만으로도 교감신경의 활동이 줄어들고 부교감신경의 활동이 증가할 수 있다. 가끔은 짧은 시간의 이완으로 몇 시간의 잠을 자는 것보다 개운함이 느껴질 때도 있다.

"일상에서 알아차리는 시간이 하루에 얼마나 있나요?"

명상캠프에서 강사님께 받았던 질문이다. 대답을 못 한 사람도 있었고 "온종일이요!"라며 자신 있게 대답한 사람도 있었다. 어떤 사람은 요가수련시간이라고 했다.

나도 생각해보았다. 일상에서 대부분 일하는 시간에는 밖에서 다양한 사람들을 만나고, 그 과정에서 얻게 되는 긴장감을 안고 귀가한다. 집에서는 다시 주어진 일들에 정신 없이 몰두하며 하루를 보낸다. 이 안에 알아차림이 있었나? 요가수련을 하는 약 2시간 동안 나는 과연 얼마만큼의 알아차림을 갖고 있을까? 시간으로 정확하게 계산할 수는 없지만, 몸을 통해서는 느낄 수 있었다. 하루 중 알아차림이 되는 현재에 머무는 상태에 따라 몸이 가볍기도 하고 무겁기도 했다. 매트 위에서의 수련 역시 항상 가벼웠던 것은 아니었다. 사실 수련에서 감각, 호흡, 움직임에 온전히 주의를 두지 못했기 때문이다. 순간의 알아차림을 놓칠 때는 지난 일들에 대한 후회와 다가올 일에 대한 걱정들에 쉽게 사로잡혀 버렸다. 한시도 가만히 있지 못하는 내 마음을 잡아 줄 움직임 그 이상의 무엇인가가 필요하다고 생각했다.

가만히 앉아 있는 것을 시도해 보았다. 그러나 아무것도 안 하는 것은 보통 일이 아니다. 요가 아사나를 처음 배울 때보다 더 힘이 들었다. 습관을 들이기까지 꽤 오랜 시간을 보냈다. 적응하기 가장 힘들었던 부분이 호흡이었다. 호흡을 바라보기 전 나는 나름대로 깊은 숨을 잘 쉬고 있다고 생각했다. 하지만 가만히 앉아 숨 쉬는 것만 관찰해보니 이곳저곳 신경 쓰이는 게 많아졌다.

의지를 불태우며 깊게 들이마시고 내쉬는 연습을 할수록 호흡은 작정하고 저항하며 거칠어졌다. 반대로 고요히 바라보려고 할수록 더 긴장할 뿐이어서 한숨이 새어 나왔다. 숨을 과하게 이끌어간 날은 어김없이 어깨가 뭉쳤다. 우선 내가 숨을 바라보는 태도부터 고쳐야 했다. 지금 당장 호흡을 바꾸려고 하는 것보다 애정이 담긴 가벼운 마음으로 바라보는 것이었다. 이는 어깨의 긴장을 풀 수 있게 해주었고 숨이 일정하게 오고가는 것을 관찰할 수 있도록 도와주었다.

요가에서의 호흡은 우리 몸에 흐르는 프라나(Prana)를 조절해주는 역할이라고 말한다. 보통 화가 나거나 흥분되었을 때는 호흡이 빨라지고 거칠어지는데, 반대로 늘어져 있거나 상념에 잠겨 있을 때는 호흡이 제대로 느껴지지 않는다. 나는 주로 후자 쪽이 많았다. 체력은 약했지만 꾸준함과 성실함이 장점이었다.

틈틈이 호흡을 주시했다. 매트 위에서뿐만 아니라 길을 가거나, 누군가를 만나고, 밥을 먹고, 설거지를 하다가도 틈틈이 숨을 쉬고 있는지 살펴봤다. 신기하게 숨에 활기가 조금씩 생겨났다. 당연한 결과였지만 숨이라는 에너지를 안으로도 채워 넣음으로써 편안하고 안정된 마음을 유지하며 몸의 기운도 생겨나는 경험을 했다.

호흡의 패턴을 보니 가만히 앉아 있을 때는 굉장히 약했고, 수련할 때는 또 지나치게 강한 것이 느껴졌다. 그 강인한 호흡 소리와 패턴을 자세히 바라보니 호흡을 자연스럽게 이끌어 가기보다 인위적으로 조작해 만들어가고 있다는 것을 알 수 있었다. 필요 이상의 에너지가 거친 호흡으로 빠져나가고 있었기에 덜어내 주어야 했다.

요가를 시작하는 단계에서 잘 잡았다면 호흡을 조절하기가 좀 더 쉬웠을지도 모르겠다. 하지만 수련 중 숨소리를 내는 것이 몸에 밴 습관처럼 자리 잡았기에 강하게 마시고 내쉬는 숨을 바로 잡는 건 무척 어려웠다. 게다가 숨에 집중하지 못한 마음은 지금의 아사나가 아니라 그 다음 아사나로 향해버렸다.

지금 여기에 머물지 못하는 미래를 향한 마음의 습관 때문이었다. 그 시간을 인내하고 버텨내야 미래의 강한 나를 만날 수 있다고 생각했다. 그런데 그게 아니었다. 온 힘을 다 주어 수련을 하면 몸이 가볍지 못할 뿐 아니라 근육통만 달고 다닐 수밖에 없었다. 오히려 에너지를 뺏기는 수련임이 분명했다. 힘을 주고 있지만, 힘을 빼야 잘할 수 있다는 말을 조금 이해하게 되었다.

알아차림에서의 호흡은 굉장히 훌륭한 도구였다. 일정하게 하려고 조절하기보다 그냥 바라봤다. 숨이 거칠어져 있으면 잠시 기다려주었다. 불편한 감각이 찾아올 때는 근육의 느낌인지 신경의 느낌인지를 판단했다. 약간 불쾌한 느낌이 찾아온다 싶으면 신경이 눌렸다는 의미로 받아들이고 다시 제자리로 돌아온다.

기분 좋은 통증인지, 기분 나쁜 통증인지 스스로 알아가는 것이 중요했다. 그런 다음 몸과 마음의 재정비를 마쳤다면 호흡과 함께 다시 도전한다. 눈을 감아 본다. 이때 감은 두 눈의 힘도 풀어본다. 긴장과 함께 얼굴도 습관처럼 찡그리고 있기 때문이다. 다시 찌릿했던 감각을 바라본다. 꽉 잡은 근육들을 풀어내며 얼굴의 긴장, 입술에 들어가는 힘까지 내려놓아야 비로소 그 순간의 평온함이 찾아온다.

요가수련에서의 거친 호흡은 대부분 새로운 아사나를 시도할 때 찾아왔다. 근육의 미세한 떨림과 마음으로 훅 들어오는 두려움 때문이라 생각된다. 이때를 잘 판단해야 했다. 더 갈 것인지 말 것인지를 말이다. 때론 더 깊은 감각으로 들어가기 전 수많은 갈등이 올라오기도 하고 망설임도 생긴다. 그럴 때는 '괜찮아 힘들면 내려오면 되는 거야.'라고 따뜻하게 말해준다. 그러면 마음에 잡고 있던 긴장이 풀리면서 숨도 조금씩 안정을 되찾는다. 포기가 아니라 견고한 정진을 위한 기다림이다. 용기를 가지고 다시 나아갈수록 깊숙한 곳에 내재되어 있던 힘을 느낄 수 있었다.

파당구쉬타 다누라아사나Padangustha Dhanurasana에서 뒤로 꺾인 팽팽한 어깨를 내회전으로 이끌어 올 때의 움직임은 가끔 나를 움찔하게 만든다. 그런 날은 더욱 도입부인 다누라아사나Dhanurasana에서 먼저 앞뒤로 더 멀게 확장하며 유지하는 시간을 길게 가져 본다. 이완을 만들 수 있는 공간을 충분히 만들어 놓는 것이다.

그리고 외회전되어 있는 빡빡해진 어깨 관절의 긴장을 달래 가며 안으로 최대한 끌고 와서 돌린다. 그 찰나에는 힘을 빼 부드럽게 이완이 돼야 돌릴 수 있다. 내 몸에 따뜻하고 친절한 태도가 필요했다. 하지만 이 안에서도 잡아주는 부분의 힘 또한 놓칠 수 없다. 당겨지고 있는, 수축하는 근육을 잘 쓰려면 다시 반대쪽에서 잡은 근육의 힘을 좀 더 풀어줘야 한다. 그래야 견관절과 함께 부드러운 회전을 만들 수 있다.

회전이 부드럽지 못한 날의 원인은 순간 공포심에 사로

잡혀 호흡이 거칠어지기 때문이다. 과도한 호흡, 긴장감이 동반된 날 무리하게 어깨를 꺾으면 회전근개^{Rotator Cuff}의 근육들이 손상되어 어깨 통증이 올 수밖에 없다.

두려움이 생기는 부위일수록 더 천천히 그곳을 바라봐야 한다. 강하게 밀어붙이기보다 몸을 어루만져줄 수 있는 태도로 호흡을 전달해 주며 최대한의 긴장을 풀어냈다. 긴장의 찰나를 알아차리고 호흡으로 몸의 긴장을 풀어주자 어깨 관절의 360도 회전의 미세한 감각까지도 느낄 수 있었다. 움직임과 이완 사이에서의 균형이 중요하다.

수련 중 가장 좋아하는 아사나는 사바아사나^{Savaasana}시간이다. 주로 모든 아사나를 마치며 깊은 이완에 들어가기도 하지만 아사나 중간중간에 머물러 수축했던 근육의 긴장이 풀어지는 것 또한 좋아한다. 나를 대하는 태도의 변화를 통해 수련 단계의 사바아사나 시간의 비중이 커졌다.

매트 위의 수련에서 숨이 거칠어진다 싶을 때는 멈추거나 돌아와서 쉬거나 또는 사바아사나를 한다. 내가 힘과 악으로 버티고 있다는 것이 판단되면 다시 돌아오는 것이다. 그 순간에는 편안한 숨이 오고가는 이완이 없으므로 봄의 긴장도가 매우 높을 수밖에 없기 때문이다.

호흡과 맥박이 안정되는 것을 바라보다 보면 마음이 풀어지는 것도 느껴진다. 하지만 흐름에 빠지다 보면 의도치 않게 호흡도 가빠지고 어깨가 긴장할 때가 있다. 그래서 중간 휴식을 통해 잠시 바라보는 시간을 갖게 됐다. 엎드린 사바아사나는 특히 거칠어졌던 호흡도 느낄 수 있었고 바닥과 밀착한 가슴의 두근거림이 줄어들면서 편안한 안정감이 찾아왔다.

수련 후 마치는 사바아사나에서는 깊은 이완을 경험하는 경우가 많았다. 송장자세로 머물러 있는 동안은 그 어떤 것도 애쓸 게 없다. 그 어떤 것도 노력하거나 의도하지 않은 채, '다 괜찮다'라는 몸의 소리를 들으며 머무른다. 이 시간은 내 몸도 회복할 수 있도록 도와주었고, 마음의 여유도 갖게 해주었다. 생각이 순간적으로 떠오를 때가 있지만 지금, 이 순간에 중요한 것은 나를 그대로 느끼는 거였다. 그리고 해야 할 일에 대한 질문이 떠오르면 답했다. "몰라!"

어렸을 적 우리 집 가훈은 '최선을 다하자.'였다. 어려서부터 들으며 자라왔다. 최선을 다하는 것은 좋은 거다. 다만 언제나 모든 일에 최선을 다해 살아갈 필요는 없다고 생각한다. 앞만 바라보고 달려가는 삶은 때론 지금의 중요한 부분을 놓칠 수도 있기 때문이다.

내려놓아야 한다는 말은 삶을 포기하고 자기 의견 없이 끌려 다니라는 게 아니다. 그건 바로 팽팽함과 느슨함 사이의 조화다. 진정 원하는 것을 얻기 위해서는 잠시라도 숨을 고를 필요가 있다. 힘 좀 빼고 살아가기. 아직도 제일 어려운 부분이지만 지금 나의 삶에는 가장 중요한 부분이다.

그래서 지금은 자주 휴식도 하고 주변을 돌아볼 여유도 가지며 긴장했던 시간만큼 회복시간을 챙기고 있다. 그래야 몸의 균형도 잡히고 삶의 균형도 잡아갈 수 있기 때문이다. 이 연습은 매트 위, 그리고 삶 속에서 계속 실천할 것이다. 내게도 새로운 가정이 생겼으니 가훈에 앞머리를 과감히 추가해본다.

"알아차림을 위해 최선을 다하자."

삶은 요가

"지금 누구와 있어? 혼자야?"

주말 낮, 아침부터 야외 요가 행사가 있어 가족들과 소풍을 다녀오던 시간이었다. 오빠에게 전화가 왔다.

"놀라지 말고 들어. 아버지가 쓰러지셨대. 그런데 큰일은 없을 거야. 그래도 한 번 내려갔다 오는 게 좋을 것 같아. 너도 내려올 수 있어?"

오빠와 얘기를 마치고 전화를 끊었다. 일단 함양으로 내려가기 위해 남편에게 아이를 맡기고 곧장 터미널로 나섰다. 지하철을 타고 이동하며 뭘 해야 할지 몰라 책도 펼쳤다가, 사람들도 구경했다가, 괜히 휴대전화만 만지작거렸다. 마음이 불안정했던 것 같다. 그때 다시 오빠에게 전화가 왔다.

"지금 어디쯤이야?"

"나 지금 남부터미널 가는 길이야. 거기서 버스 타면 세 시간은 걸릴 거 같아."

"그럼 그냥 집으로 다시 돌아가서 둘이 같이 와. 아무래도 상황이 심각한 것 같아. 현재 의식이 없으시대. 지금 다시 대학병원으로 이동 중이래. 조심해서 내려와. 조금 오

래 머무를 수도 있으니까 짐 다 챙겨서. 나도 일단 가봐야
할 것 같아."

"나 지금 무슨 말인지 하나도 못 알아듣겠어. 천천히 얘
기 좀 해줘."

휴대전화 멀리서 덤덤하기만 했던 오빠의 울음소리가 들
렸다. 일단 돌아가야 한다는 말에 전철에서 내렸다. 어디였
는지도 모르겠다. 다시 반대편으로 돌아가는 길이 한없이
멀게만 느껴졌다.

지하철을 타고 돌아가는데 이미 내 얼굴은 눈물범벅이
되어 있어서 앞에 사람을 마주 보고 앉아 있기도 힘들었다.
출입구 구석진 곳에서 고개를 푹 숙이고 하염없이 눈물만
흘렸다. 예기치 못한, 믿기 힘든 이야기에 마음이 무너져버
렸다. 지나가던 할머니께서 말을 걸어오셨다.

"슬픈 일이 있나 보네요. 나도 오늘 슬픈 일이 있었어요.
곧 지나갈 거예요. 우리 힘내요. 아가씨."

"네."라는 말조차 떨어지지 않아 그저 고개만 끄덕였다.
병원 응급실에 도착했다. 먼저 와 있던 오빠와 만났다. 우
리는 아무 말 없이 서로를 안아주었다.

"환자분은 뇌출혈이 있었습니다. 아마도 이미 진행이 되었고, 함양에서 이곳으로 넘어오는 중 보호자의 허락하에 심폐소생술을 3회 시도했습니다. 현재 환자의 머릿속은 이미 모든 혈관이 터져 있는 상태입니다. 갑작스러운 발작이 생기면 심폐소생술을 시도하게 되는데 몸이 심하게 망가질 수도 있습니다. 이에 대한 보호자 분의 동의가 필요합니다. 또한 이제 두 분이 결정해야 할 것은 이른 시일 안에 수술을 진행할 건지, 호흡기를 꽂고 연명치료를 이어갈 건지, 아니면 호흡기를 떼 드릴 지입니다. 현재로서는 호흡기를 꽂고 있어도 100% 안전하다고는 할 수 없으며 수술을 진행해도 가능성은 1%라고 봐야 합니다."

아무 말도 할 수 없었다. 결정을 잠시 미룬 채 오빠와 나는 번갈아 가며 보호자 명찰을 차고 밤낮으로 아버지의 옆자리를 지켰다. 새언니와 남편도 함께했다. 병원 침대에 누워 있던 아버지는 얕은 호흡만 호흡기에 의지할 뿐 의식은 없었다.

긴 수염은 말끔히 사라졌고 그곳에 호흡기가 꽂혀 있었다. 하나뿐인 딸의 결혼식에서 수염만이라도 깎고 입장해

달라고 애원했건만, 끝까지 고집부리던 수염이었다. 말끔한 모습을 오랜만에 보게 됐다.

대답 없는 아버지를 바라보며 일방적인 대화를 나누었다. 눈도 감고 있었고, 몸도 매우 차가웠다. 이마가 차가웠지만 눈가에 물이 고여 있어 자주 닦아주었다. 다행히 손은 따뜻했다. 손을 잡았다. 오랜만에 잡는 손이었다. 그동안 나누지 못했던 딸의 살아왔던 이야기를 들려주었다.

울지 않으려고 했다. 눈물을 보이면 보고 있는 아버지가 더 슬퍼할 것 같았다. 아버지의 마음이 편안해지기를 바랐다. 결혼하고, 아이를 낳고, 남편과 싸우고 힘들었던 일들, 서운했던 일, 고마웠던 일들을 생각나는 대로 말해주었다. 지나와서 생각해보니 그날 그 시간은 아버지가 자식들에게 이별을 준비할 수 있도록 챙겨 주신 따뜻한 선물이었던 것 같다.

아버지의 자유로웠던 삶을 알았기에 더는 잡지 않기로 했다. 보내드리기로 했다. 산에서만 생활하던 분을 찬 공기가 가득한 병원 침대에 오랫동안 누워있게 해서 미안했다. 분명 수염은 왜 깎았냐고 안타까워하고 계셨을 거다.

보호자의 동의 끝에 호흡기를 뺐다. 5분도 채 지나지 않아 숨이 멈췄다. 죽음의 순간은 참 허무하고 짧았다. 그 모습을 눈앞에서 생생하게 보았다. 응급실에서도, 장례식장에서도 대부분의 일 처리는 오빠 내외에게 맡겼다. 흘러가듯 나는 무덤덤하게 잘 지냈다. 슬픈 마음이 올라왔지만 지금 상황을 이해하고 받아들이려고 노력했다.

누워 계신 모습을 보기 전, 부녀의 마지막 만남은 한 달 전 우리 집에서였다. 그동안 미워했던 감정을 내려놓고 마음을 열기까지 참 긴 시간이 걸렸다. 그날이 처음이자 마지막으로 아버지를 집에 초대해 주무시게 했던 날이다. 아버지는 무척 기뻐했다. 음식도 직접 다 사 오셨다. 미안한 마음도 들었고, 와 줘서 반가운 마음도 들었다. 그런데도 나는 한결같이 참 무뚝뚝했다. 그날도 그랬던 것 같다. 저녁 식사를 마치고 잠자리에 들 무렵 내 책장을 구경하다 아버지가 물었다.

"인간이 태어난 목적이 뭐라고 생각하니?"

"……."

"우리는 대부분 어디서 왔고 죽은 후에 어떻게 되는지 잘 몰라. 관심도 별로 없지. 그래서 '어떻게 살아가야 하는가를 모르고 그냥 살게 돼. 육신이 흙에 묻히고 영(靈)이 공간(空間)에 머물 때 '정답을 알고 살았느냐?'가 얼마나 중요한지를 알고 사는 사람은 드물거야. 어려운 주제지만 그래도 계속 생각해 봐야 해."

　시간이 부족해 더 이상 깊은 대화를 나누지 못했지만 잠시라도 그런 이야기를 나눌 수 있어서 기뻤다. 어쩌면 우리는 정말 좋은 친구가 될 수도 있었을 것이다. 아버지를 통해 수없이 많은 신호를 받았지만, 마음의 문이 늦게 열려 좀 더 일찍 받아 주지 못했다. '이번 세상에서 우리가 함께 보낸 시간은 참 짧았던 것 같아. 그래도 언젠가 다시 만날 거야. 지금 내 눈에 보이지 않을 뿐이지 어딘가에 존재하고 있을 거야.' 아버지가 생각날 때마다 이 말을 자주 떠올렸다. 늘 자유로움을 찾길 바랐던 분이었다. 드디어 원하던 진정한 자유를 찾아 떠나셨다. 살아 계셨을 적에도 역시 돌연 멀리 떠나셨던 분이다. 사랑했던 시간보다 원망하며 살았던 시간이 더 많았고, 성인이 되어서는 아버지가 표현하는 사랑조차 매몰차게 거부했다.

　그래서 아버지가 떠나신 이후 한동안 마음이 편치 않았
다. 내 마음에 자리 잡은 미안함이 씻겨 나가지 못했다. 덤
덤한 줄 알았는데 아니었나 보다. 뒤늦게 수시로 슬픔에 잠
겼다. 길을 걷다 들리는 사이렌 소리나 구급차를 볼 때면
휘몰아치듯 감정들이 몰려왔다. 지나왔던 아쉬운 순간들이
떠오를 때도 역시 걷잡을 수 없을 정도로 안타까움과 허망
함, 그리고 죄책감이 찾아왔다.

　요가를 하면서 나를 바라보기 시작했고 비로소 아버지
의 삶을 조금은 이해하게 됐다. 세속의 삶이 힘들어 유유자
적한 본인이 원했던 삶을 살아간 것이다. 표현 방식은 서툴
렀지만, 자식에 대한 사랑만은 변치 않았다. 그 마음을 느
낄 수 있었다. 알면서도, 이해하면서도 고마움에 대한 표현
은 계속 다음으로 미루기만 했다. 기회가 여러 번 있었음
에도 따뜻한 말 한 마디조차 건네지 못한 것이 가슴에 한
으로 남았다.

　앞으로도 시간이 많이 남아 있을 것이라 생각했다. '조
금만 더 일찍 마음을 열었더라면, 응급실에 조금만 더 일찍
도착했더라면, 사랑한다는 말을 딱 한 번만이라도 했더라

면…….'이라는 안타까운 마음이 떠나지 않았다. 이러한 생각들은 한동안 나를 자주 괴롭혔다. 가족들을 만나는 일도 다시 내키지 않기 시작했다. 만나면 불편한 마음이 더 올라왔기 때문이었다. 그러나 또 후회하고 싶지 않았다. 실수를 반복하고 싶지 않았다. 이것은 내 삶에 도움이 되는 마음공부에 더 깊이 들어가는 계기가 되었다.

진짜, 삶은 요가였다.

"이완!"

요가의 핵심은 이완이다. 명상의 핵심도 이완이었다. 수없이 반복해온 연습이었다. 이완을 머리로 이해했지만 이렇게 마음으로 깊게 이해한 경험은 처음이었다. 막상 현실로 닥치니 절실했고 긴장감이나 감정이 올라올 때마다 더 이완하려고 했다. 가슴을 진정시킬 수 있는 유일한 방법이었다.

홀로 고요한 시간을 가지며 떠오르는 슬픔, 분노, 원망 등의 감정이 오고가는 것을 지켜보았다. 슬픔이 찾아왔을 때 억누르지 않았다. 이겨내려 할수록 아픔은 더욱 세졌기 때문이다. 슬픔을 잡고 있지 않았다. 또한 밀어내려고 하지도 않았다. 아팠던 감정은 매우 강했기에 없애려고 애쓸수록 오히려 복받쳐 올라왔다.

하지만 긴장을 풀고 이완이 시작되면 감정들이 흩어져 사라지는 것을 볼 수 있었다. 생각을 이어갈 필요가 없었다. 따로 무엇을 하지 않아도 그저 자리에 가만히 앉아 긴장을 풀어야 몸이 편안해지고 마음이 가벼워졌다. 슬픔은 부정적 의미가 아니라는 것을 새겼다. 단지 수많은 감정 중 하나일 뿐이었다. 슬픔과 굳이 싸우지 않았다. 와도 그만 가도 그만, 그렇게 열어놓으면 아주 짧게 스치듯이 흘러가며 마음의 편안함이 자연스레 느껴졌다.

모든 상황에서 편안한 마음의 상태를 유지할 수 있도록 하는 것이 요가를 통해 배워온 것이었다. 살아가면서 마주치는 모든 일이 나에게 수행할 기회를 주고 있다. 처음 요가를 하며 기대했던 삶의 모습은 아무 걱정 없는, 무사태평한 행복한 삶이었다.

그러나 그것은 잘못 설정된 목표였다. 어떠한 일이든 항상 일어날 것이고 그 안에서 행복과 불행을 수시로 겪게 될 것이다. 마치 아사나가 잘 되든 안 되든 그저 바라봄을 통해 평가하지 않는 것처럼, 삶에서 일어나는 일들 또한 어떠한 모습이든지 판단을 멈추고 바라보는 것이 중요했다. 매 순간 깨어 있어야 내 몸이 슬픔에서 벗어날 수 있고 편안해질 수 있었다.

임종을 지키고 난 후 연이 닿았던 죽음명상 강의에서 도미노를 비유로 생각 사이의 간격을 넓혀야 하는 이유를 설명해주셨다. 생각 사이의 간격을 넓히고, 숨과 숨 사이의 간격을 넓혀야 한다고 했다. 간격이 좁을수록 어떠한 일이 터지면 다른 일에도, 또 다른 일에도 우르르 무너져 영향을 주게 된다. 반대로 그 사이가 넓을수록 하나만 무너질 뿐 다른 일에는 피해를 주지 않는다는 이야기였다.

아버지의 죽음과 함께 쓰러져 버린 내 삶의 도미노들이 떠올랐다. 그곳에서 도미노가 모두 한순간에 무너진 모습은 나에게 큰 영감을 주었다. 그 사이의 간격을 넓히면 넓힐수록 오늘의 하루가 달라질 수 있다는 것을 깊게 깨달았다.

"만일 한 달 뒤 당신이 죽는다면? 일주일 뒤 죽는다면? 바로 내일 죽는다면? 무엇을 할 것인가?"

그때 받은 질문을 다이어리에 적어 놓고 생각날 때마다

떠올려본다. 눈앞에 닥친 일들이 힘들다가도 이 질문을 떠올리면 생각이 잘 정리되었다. 지금 가장 중요한 일이 무엇인지, 죽음의 순간이 눈 앞에 다가왔을 때 후회하지 않기 위해서는 어떤 삶을 살아가야 할지 바라볼 수 있었다.

현재를 느끼고 나를 느끼며 살자고 매 순간 다짐 또 다짐해 본다. 떠난 아버지를 붙잡기 위해서가 아니라 지금 내 옆에 있는 소중한 것들을 알아가며 감사한 삶을 살기 위해서다. 오늘도 눈을 뜰 수 있게 된 하루를 감사한 마음으로 삶을 더욱 충만하게 살아가고 싶다.

부록 _____

그림으로 보는 아사나

부장가아사나(코브라 자세) p.27

척추질환에 좋은 자세입니다. 약간 어긋난 디스크의 위치 또한 제자리로 가도록 해줍니다. 만약 올라올 때 허리가 아프다면 팔꿈치를 바닥에 대고 각도를 조절하는 것도 가능합니다.

마리치아사나(비틀기) p.27

이 동작은 마리치아사나C입니다. 척추의 유연성 개선에 도움을 주고 하복부와 다른 기관들에 추가적인 마사지 효과도 있습니다. 천골이 무너지지 않도록 주의해주세요. 초보자의 경우 접은 다리를 조금 펴도 괜찮습니다.

할라아사나(쟁기자세) p.27

주로 요가 수련 마무리에 하는 동작입니다. 전신의 혈액순환과 특히 목과 어깨의 근육을 풀어주고 혈액 순환을 촉진시켜줍니다. 척추를 일직선으로 뻗어주면서 척추를 교정하고 유연성을 늘려 허리를 가볍게 해줍니다. 그러면서 허리의 통증을 완화시킬 수 있습니다. 부장가아사나로 오래 머물렀다면 할라사나로 척추를 다시 풀어주는 것 또한 중요합니다.

고양이 기지개 자세 p.43

허리통증을 완화시켜 줄 수 있습니다. 또한 자궁의 위치를 바르게 하여 역아를 바로 잡아줍니다. 역아가 아니어도 아기의 위치를 잘 잡아줍니다. 힘든 경우 베개를 가슴 아래 놓고 이 동작을 하는 것도 좋습니다.

나바사나 p.99

복부기관과 골반기관을 마사지 해주면서 가스 찬 복부의 팽만감을 없애 주고, 장을 건강하게 해줍니다. 꼬리뼈가 아프다면 바닥에 담요나 매트를 두껍게 깔고 시도해보세요.

다누라아사나 p.99

이 자세는 바닥에 복부를 대고 마사지를 해주면서 소화를 도와주고, 위장 장애와 가스를 제거해 줍니다. 또한 척추에 탄력을 주면서 디스크 질환을 갖고 있는 사람에게도 효과가 있습니다. 앞뒤로 롤링을 해주는 것도 상복부와 하복부를 마사지 하는데 도움이 될 수 있습니다. 초보자는 벨트 또는 수건을 사용해도 좋습니다.

우르드바다누라아사나 p.131

다리와 팔의 힘을 모두 이용하여 힘을 분배해 몸을 들어올려주는 아사나입니다. 깊은 후굴 동작으로 가슴을 열어주고 척추를 강화시키며 내분비선을 활발하게 해주는 효과가 있습니다. 또한 변비가 있는 분에게도 좋아요. 초보자는 최대한 몸 풀기를 하고 시도를 해주시고 손목이 많이 약하거나 어깨질환이 있는 분들은 무리하게 시도하지 않는 게 좋습니다.

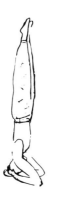

시르사아사나(머리서기)^{p.142}

하체 부종, 혈액순화에 도움이 되며 만성피로를 잡아줍니다. 매일 10분 이상씩 꾸준히 반복하면, 집중력과 균형감각을 길러줄 뿐만 아니라 감정이나 행동을 스스로 조절할 수 있는 능력도 길러줍니다. 혼자 서기 힘들다면, 벽에 기대는 것도 좋습니다.

사바아사나 ^{p.163}

Sava=송장, 시체. Asana=동작의 결합어로 송장자세라 불립니다. 사바아사나는 쉬어 가는 삶, 재충전의 필요성, 휴식의 진정한 의미를 일깨워주는 자세입니다. 이 자세의 목표는 모든 욕구를 잠재워 '깊은 휴식'을 취하는 것으로 몸과 마음의 긴장을 없애는 것에 있습니다. 몸은 잠든 것처럼 편히 쉬지만 의식은 깨어 있는 상태, 즉 누워서 하는 명상이라고 생각하면 됩니다. 이 시간의 회복을 통해 몸은 가벼워지고 마음은 차분해짐을 느낄 수 있습니다.

내가 좋아하는 것들, 요가

초판 1쇄 발행 | 2020년 8월 8일

지은이	이은채
펴낸이	이정하
디자인	이상은

펴낸곳	스토리닷
주소	서울시 서초구 방배동 934-3 203호
전화	010-8936-6618
팩스	0505-116-6618
ISBN	979-11-88613-15-1

홈페이지	http://blog.naver.com/storydot
SNS	www.facebook.com/storydot12
전자우편	storydot@naver.com
출판등록	2013. 09. 12 제2013-000162

이 도서의 국립중앙도서관 출판예정도서목록(CIP)은 서지정보유통지원시스템 홈페이지
(http://seoji.nl.go.kr)와 국가자료공동목록시스템 (http://www.nl.go.kr/kolisnet)에서 이용하실 수
있습니다. (CIP제어번호: CIP2020030087)

스토리닷은 독자 여러분과 함께합니다.
책에 대한 의견이나 출간에 관심 있으신 분은 언제라도 연락주세요. 반갑게 맞이하겠습니다.